LA VENGEANCE DES PERROQUETS

Paris, juin 2022

PIA PETERSEN

LA VENGEANCE DES PERROQUETS

A [redacted],

comme le dit le proverbe,
l'arbre aime le zèbre
quand la fourmi creuse
un trou

EQUINOX

les arènes

À Leonard, avec amour :

1.

Quand le monde se limite à des murs

Le prisonnier leur a demandé d'allumer les lumières, il leur a demandé à plusieurs reprises mais ils l'ignorent. Il a besoin de lumière. Il fait si noir et il discerne à peine sa main et il a besoin de la voir. C'est essentiel, une main. Et c'est son droit d'avoir de la lumière. Il suit le contour de sa main gauche du doigt de son autre main et il pense à demain. Il faudra être prêt, trouver le moyen de sortir d'ici. Demain, il saura, c'est ce que lui a lancé le gardien, que demain ils feront un point sur sa situation. Il lui a dit ça aujourd'hui mais il l'avait dit hier aussi. À l'évidence le gardien s'amuse. Il essaie de le déstabiliser en jouant avec ses nerfs mais il résiste. Tout ce qu'il peut faire, c'est attendre et c'est ce qu'il fait. Il attend.

Il étire les bras. Il serre ses deux paumes l'une contre l'autre jusqu'à ce que ça lui fasse mal puis il y enfonce un bout d'ongle. La douleur lui procure une sorte de bien-être, au moins il sait qu'il est vivant. Il sait d'où vient la douleur. Il aurait pu rêver.

Il se met sur la pointe des pieds pour regarder par la petite fenêtre mais elle est trop haute. Il fait aussi noir dehors que dedans. Quelques étoiles éclairent faiblement la cime des arbres. Il en aperçoit plusieurs. Il trouve qu'il n'y a pas assez d'étoiles et que des efforts supplémentaires sont nécessaires pour faire du bien à la planète. Il se demande souvent si l'humanité se décidera à réparer sa planète un jour. Il n'est pas très optimiste à ce sujet.

Il sort de temps en temps pour la promenade. Il est toujours seul dans la cour.

Il se réfère à lui-même en tant que prisonnier. Plus personne ne l'appelle par son nom. Il se sent comme un sans-nom-propre. Un sans-vie-propre. Renoncer à son nom, c'est perdre sa cohésion. Perdre sa vie, c'est mourir. Parfois il répète son nom qu'il n'a pourtant jamais considéré comme le sien. Surtout, ne pas oublier son nom. Ça lui rappelle la vie de dehors et ça le met en colère d'y penser et ça lui fait mal.

Il s'est toujours demandé si son nom traduisait qui il est mais ça voudrait dire que d'autres personnes portant son nom seraient comme lui. Son nom l'identifie comme il identifie les autres détenant le même nom. Le nom change de sens avec chaque personne. Si son nom l'identifie, c'est par le plus grand des hasards. Il y pense fréquemment mais aujourd'hui, cette interrogation lui paraît vaine, ou pas assez approfondie. Il pense que l'identité est une semeuse de chaos et de haine.

Il se demande ce qu'elle fait. Est-elle réveillée ? Peut-être prend-elle son petit déjeuner ?

Il traverse la cellule et ajuste son masque et se positionne devant la porte et il met sa bouche à hauteur des barreaux du judas fermé. Hé, il dit. Un vague écho résonne doucement, sans hâte. Il donne un coup de coude dans la porte. Hé, il dit encore, un peu plus fort. Le judas s'ouvre à moitié.

Oui ? Le masque du gardien pend sur son oreille droite. Le prisonnier ne l'a jamais vu avec le masque bien ajusté.

Lui, il doit mettre le sien chaque fois qu'il s'approche de l'ouverture, pour protéger le gardien. Il replace le masque sur son nez. Il a tendance à glisser. Il demande au gardien où sont les autres. Il ne les entend pas. Le gardien répond qu'il n'a pas encore le droit de sortir en même temps qu'eux.

Il en déduit qu'il n'est pas seul et ça le rassure. En d'autres circonstances, il aurait précisé qu'il préfère de loin la solitude, que la compagnie des gens ne lui convient pas toujours mais les choses étant ce qu'elles sont, il préfère la présence d'autres personnes à la solitude.

Par mesure de prévention, ajoute le gardien.

Il est sur le point de demander pourquoi on dit *prévention* et pas *précaution* mais il ne dit rien. Le prisonnier n'aime pas le ton du gardien mais ça non plus, il ne le dit pas. Il essaie de rester diplomate. Il a besoin de savoir ce qui se passe. Pourquoi de prévention ? Il espère son ton humble.

On te juge néfaste pour ton environnement. On nous a ordonné de t'isoler pour t'empêcher d'influencer les autres.

Néfaste pour son environnement. Au moins le gardien a répondu, ça prouve qu'il y a des gens. Le prisonnier se retient de dire quoi que ce soit. Puis il ne se retient plus.

On me juge néfaste d'après quel critère ? Enfin, on ne m'a rien expliqué depuis mon arrivée, on ne m'a toujours pas interrogé, quand même, on aurait pu me poser au moins une question et comment peut-on être néfaste sans avoir échangé avec qui que ce soit ? Il aurait pu éviter son ton ironique et il a du mal à respirer avec cet agacement qui monte en lui et qu'il a du mal à contrôler. Il se reprend. Je ne le pensais pas comme ça, j'ai parlé un peu vite… Je suis désolé…

Le gardien ne dit rien pendant un bon moment. Peut-être qu'il pense à ce qu'il a dit. Le prisonnier ressent quelque chose qui ressemble à de l'espérance. S'il arrive à établir un vrai lien avec le gardien, peut-être qu'il lui dira ce qui se passe. Il pourrait lui donner des informations utiles, peut-être même le conseiller. Si seulement il avait un peu d'argent. Il entend enfin la voix du gardien. C'est que tu as un historique. Je n'ai pas à t'aider, surtout que tu me fais chier. Le gardien ponctue ses mots en frappant l'ouverture de son tonfa…

Je suis peut-être prisonnier mais on ne peut pas m'interdire de poser des questions, réplique le prisonnier d'une voix obstinée.

Le gardien se contente de refermer le judas.

Pas à pas, le prisonnier suit les murs de la cellule. Il essaie de raccourcir le temps, de le rétrécir. Il passe plus vite quand il va d'un point à un autre lentement, en tout cas il a l'impression qu'il s'accélère. Tout faire lentement pour tromper l'attente et le rapport au temps. Il ne cesse d'y penser, au temps qui n'est plus, qui ne reviendra jamais, qui est définitivement perdu, ce temps qui le rapproche de la mort. Ce temps qui maintenant se réduit à un perpétuel présent.

Il ne sait pas depuis quand il tourne comme ça. Il ne porte pas de montre. Il compte les secondes pour se donner une idée de la longueur ressentie d'une minute puis deux minutes puis une heure mais sa notion du temps est aléatoire. Il en a pourtant besoin pour se saisir pleinement de l'espace. Le temps lui permet de se situer. Il évite de marcher la nuit. Il se force à dormir mais c'est toujours difficile. Il se sent vulnérable quand il dort. S'endormir, c'est perdre le contrôle. Parfois un cauchemar le fait dériver dans le passé et quand il se réveille, il est trempé de sueur. Il essaie pourtant de dormir. Allongé la nuit, il pense, il s'imagine ailleurs, pour se sentir libre. Dans la journée il profite du peu de lumière qui entre dans la cellule. La fenêtre est si haute. Ils ont dû le faire exprès. Pas de distraction pour un prisonnier. Il a demandé du papier et un stylo et curieusement, on le lui a accordé.

Il s'assoit pour écrire. Il ne pourra rien envoyer, c'est ce qu'a dit le gardien mais fais-toi plaisir, il a ajouté en lui tendant le cahier et le crayon. Le gardien avait l'air content. Il devait penser à la souffrance que ça serait d'écrire à une personne aimée sans pouvoir lui envoyer la lettre ni recevoir de réponse.

Jusqu'à présent, ils ont refusé de me donner de quoi écrire mais hier le gardien m'a remis un bloc-notes et un crayon. Démerde-toi avec ça, il a dit. Je peux désormais t'écrire. Au moins je peux te parler, même si tu ne m'entends pas. Peut-être qu'un jour je pourrai faire sortir ce journal qui s'adresse à toi. Je l'espère. C'est ironique, n'est-ce pas ? Je n'écris jamais de lettre et maintenant qu'on me l'interdit, je n'ai que ça en tête, t'écrire.

Je ne pense pas mourir ici.

Ils devront bien me libérer un jour ou l'autre. Ils ne peuvent pas me garder enfermé à tout jamais, n'est-ce pas ?

Ça me fait du bien de te parler. Je me sens moins seul. Je t'ai dessiné ma cellule et mon lit. La seule vue dont je dispose. Ne crois pas que ce soit ennuyeux, ça ne l'est pas. J'imagine des histoires, je vis dans un réel superposé, je crée des ouvertures par mon esprit. J'ai l'esprit quantique. Je crée des fenêtres.

J'ai un soupirail et elle est haute, trop haute mais c'est une ouverture, c'est ma fenêtre et ce que je ne peux pas voir, je l'imagine. Ce que je veux dire, c'est que tu ne dois pas t'inquiéter. Je sortirai et je reviendrai vers toi. On se reverra.

J'ai demandé des livres au gardien mais il a dit pas question, faut pas exagérer. Tu crois que t'es en vacances ? Que tu loges à l'hôtel ?

2.

Quand un artiste est considéré comme un terroriste, les poissons se marrent

Figueroa Street à Highland Park est animée comme toujours. Des voitures stationnent en double file, un SDF est adossé à un mur, les yeux fermés, des Mexicains jouent aux cartes près d'un muret, ou font la queue devant l'un des nombreux food trucks de tapas garés le long du trottoir, un chat assis sur un conteneur poubelle observe le monde, sceptique, et les bobos entrent et sortent des magasins alternatifs mais chics qui s'installent en transformant le quartier. Je marche le plus vite possible vers le métro. Mon vol est dans deux heures et je suis en retard.

Mon nom est Emma et je suis artiste. Je suis également blanche, j'ai des cheveux frisés, des yeux pers et je peins des portraits des stars de la Silicon Valley. Dans certains milieux, mon nom évoque la réussite. Les maîtres de la technologie veulent tous un portrait portant ma signature. Je suis française, plus ou moins, rien n'est encore officiel. Nordique et européenne, je n'ai jamais demandé la nationalité française. Je suis claustrophobe et ne supporte pas l'idée d'être liée à un seul pays. Je me considère comme citoyenne du monde. Pourquoi se limiter à un seul pays, accepter le contrat initial sans négociation. Une nationalité, c'est un mariage forcé en pire. On a rarement le choix de sa nationalité. Moi, je préfère me voir comme une visiteuse. Ou une sorte de touriste permanente. La vie sans limites, à part celles que je m'impose à moi-même.

Je n'ai jamais aimé les racines ni les origines. Elles n'ont aucune importance. On finit tous par mourir, peu importe nos origines. En attendant, faisons au mieux. Et justement…

Quelques fleurs mauves poussent au pied des arbres. La vie est mon terrain de découverte. Rien n'est plus émouvant qu'une fleur, ou un oiseau et j'ai besoin du réel pour penser.

Je pars de nouveau à Palo Alto pour travailler sur le portrait de Henry Palantir, l'un des plus grands dirigeants de la Tech. Le siège social de sa société, Vision Technologies, se trouve à Los Angeles. Il dit que les prix sont trop élevés dans la Silicon Valley et que cet espace confiné du think tank donne lieu à une sorte de consanguinité. Cela dit, le bâtiment qu'il possède à Palo Alto est beaucoup plus grand. Il possède aussi des bureaux à Denver, Londres, Paris. Les médias qualifient l'entreprise de Palantir d'empire et c'est peu dire. Je n'arrive pas à savoir quelle position il occupe précisément ni combien de filiales il possède mais je sais qu'il collabore étroitement avec le FBI, la CIA, le Pentagone et la NSA… Il s'occupe de la sécurité de leurs données numériques ainsi que de leur analyse et il développe des logiciels de surveillance et de sécurité pour différents pays. Il se diversifie dans les secteurs de la finance, de l'assurance, de la santé et des biens de consommation courante. Mon impression est qu'il est en expansion permanente et à l'infini, comme un mouvement de pieuvre en eaux profondes. Il est tellement riche qu'il n'y a plus de mot pour qualifier sa fortune. Milliardaire est dépassé depuis longtemps.

Pour une raison que j'ignore, j'ai du succès. Initialement, je m'étais destinée à la philosophie mais très vite, je me suis heurtée à ses limites. Une forme d'académisme a mis la philosophie au clou. Je pensais que par la philosophie, on pouvait toucher à des questions essentielles. Que la philosophie était une forme de trip permanent, un champignon qui me permettrait de voyager dans l'infini et de côtoyer les idées et les formes et les matières, afin de se réinventer à chaque instant. J'ai déchanté dès le premier semestre d'études. Trop aux prises avec sa propre histoire et ce qui est censé définir un philosophe, la philosophie en tant que matière n'accueille plus de pensées indépendantes. De par les universitaires, elle se pose en juge et boude les questions imprévues qui n'entrent pas dans les catégories de ce qu'elle a défini comme philosophique. Tyrannique, elle élimine d'emblée l'interrogation et se justifie avec l'idée que tant qu'un concept n'est pas né, ce n'est pas de la philosophie. Je me suis orientée vers la peinture et aujourd'hui, les seigneurs de la Tech s'arrachent mes tableaux et ma liste d'attente continue de s'allonger. Et comment en suis-je arrivée là ? Tout a commencé dans un squat, au 59 rue de Rivoli à Paris, autogéré par le collectif Chez Robert Électrons Libres, où un ami m'avait proposé de partager son atelier. Je travaillais assidûment sur les portraits d'artistes rencontrés dans ce gigantesque bâtiment. Les visiteurs affluaient et de nombreux collectionneurs et galeristes étrangers faisaient le déplacement à la recherche de nouveaux talents. Un galeriste de Californie s'est intéressé à mon travail et m'a proposé un projet en résidence débouchant sur une exposition dans l'une de ses galeries à San Francisco et de là, tout est parti. Je gagne bien ma vie mais je ne suis pas riche, loin de là. Les revenus générés par l'art sont toujours aléatoires et je ne vis que de ça. Mais pour le moment, je n'ai pas à m'en plaindre, je suis dans une situation plutôt confortable.

Pourtant je suis l'ennemie de mes modèles, leur ennemie numéro 1. J'examine les faiblesses et l'humanité de ceux qui sont derrière la collecte et l'exploitation des données numériques, je traduis leurs pensées, leurs envies, leurs désirs. Je les expose. Ma chance, c'est qu'ils sont fascinés par eux-mêmes. Leur vanité les pousse à investir dans mes portraits, même s'ils m'en veulent parce que je les mets à nu. Ils me haïssent, non pas parce que je dispose de pouvoir et de puissance mais parce que je les ai vus. Ils me détestent parce qu'ils ne peuvent pas exercer un contrôle sur moi. Je comprends ce qui se passe dans leur tête et ça les dérange. Je ne suis personne et pourtant je suis l'élément libre qui les déstabilise.

Dans la Silicon Valley, on ne tue pas l'ennemi, on l'achète et on l'absorbe et on l'efface.

Mon nom est Emma. Ils m'ont achetée mais pas encore effacée.

Le quai du métro de Highland Park est désert, à part un adolescent qui joue sur son smartphone. Je me demande si le gamin est conscient qu'il donne les clefs de sa vie privée à des multinationales. La Silicon Valley est l'un des endroits les plus riches de la planète et peut-être le plus dangereux. Les nouveaux seigneurs du monde ne possèdent pas seulement l'économie mais ils nous insufflent aussi la perception de la société selon laquelle nous vivons tous, et ils en font ce qu'ils veulent. D'après ce que je vois et crois comprendre, la Silicon Valley est dirigée par une bande de gamins immatures devenus des adultes immatures. Leur bible ? *Le Seigneur des anneaux* de Tolkien. Et les travaux d'Ayn Rand, une philosophe et romancière américaine d'origine russe qui défend une philosophie objectiviste. Elle est la mère du libertarianisme et la référence absolue des dirigeants de la Silicon Valley. Elle a su s'imposer par le biais de nombreux essais philosophiques dont *La Vertu d'égoïsme* et deux romans, *La Grève* et *La Source vive* et elle est fascinante et effrayante. Rand prône l'idée de ne jamais se sacrifier pour les autres pour vivre dans un excès d'égoïsme et d'individualisme. L'égoïsme rationnel, un égoïsme considéré comme fondamental dans une société disruptive, est appliqué mot pour mot par des entrepreneurs qui se considèrent esclaves d'un système d'État totalitaire et otages d'un altruisme d'État qui les empêche de travailler et de se développer.

Le train arrive. La rame est presque pleine. La ligne étant extérieure, on peut profiter du panorama jusqu'à la gare de Union Station. Il y a constamment de nouveaux graffitis et j'en profite pour prendre des photos. L'art urbain me passionne.

L'art est une drôle d'affaire. J'ai abandonné la philosophie académique pour vivre les idées autrement et me suis évertuée à exercer l'art. L'univers des idées est pour moi l'univers même des questions essentielles et j'adore chercher des réponses possibles. Ça m'éclate, je m'amuse, ça me stimule. Je fais de l'art, je suis dans la pratique et n'interroge pas forcément sa raison d'être ou non, spécifiquement. On l'a pensé jusqu'à son épuisement et son quasi-anéantissement mais il reste toujours la possibilité de l'exercer et c'est ainsi qu'il renaît de ses cendres, je suppose. En même temps, l'art peut paraître insignifiant. Il ne représente plus grand-chose, une lubie, tout au plus, qui concerne principalement les intellectuels et les gens qui aspirent à la culture, et les ultra-riches pour une raison que j'ignore.

Pourtant, à travers l'art, l'on découvre surtout ce qu'on ne veut ou ne sait pas voir. Ça me fascine, la lucidité par l'art, ou l'art de la clairvoyance. Il nous laisse libres de notre déduction mais on n'est jamais vraiment sûrs de ce dont il s'agit. Si l'art dévoile, il ne nomme pas. L'ambiguïté est encore du domaine de l'incontrôlable. Mais c'est aussi et surtout ce qui connecte encore l'humain à l'humain, à son essence, à son universalité, si toutefois on peut parler d'universalité. L'art transcende le temps. Faisant fi de l'accélération et de l'implacabilité du temps, il le met au défi et gagne en prestige et en puissance, grâce à sa durée hors temps. Se faire tirer le portrait, c'est aussi s'inscrire, aux yeux du monde, dans la durée de l'Histoire, dans l'éternité. Mon travail ? Immortaliser les gens.

Je vis de l'art mais je n'ai pas de journée de travail proprement dite. C'est que je ne sors jamais de mon domaine. Tout ce que je fais est apparenté à cette bulle. C'est le sol sur lequel je marche, ma loi de la pesanteur et l'art se découvre et se vit chaque seconde de la journée. Les couleurs, les formes, les matières, les reflets du monde. Je suis en alerte maximum sans jamais baisser la garde.

Un homme pressé, tirant sa valise sans regarder, roule son bagage sur les pieds d'une femme. Elle pousse un cri. L'homme s'arrête et s'excuse. Un homme plus loin dans la rame dit à sa voisine qu'il a beaucoup souffert quand il était jeune, parce qu'on ne le remarquait pas. Elle répond qu'elle le comprend.

Je vis entre Paris et Los Angeles et me déplace sur des durées plus ou moins longues quand je commence un portrait. Étudier l'univers de mon sujet est nécessaire. Quand je suis sur un projet, je m'immerge pour saisir l'esprit des lieux, pour comprendre comment il influe sur les gens qui y habitent, sur mon sujet. Je vis à l'endroit où je travaille le portrait. Je crée une sorte de routine, ce qui est pour moi la meilleure approche pour m'en tenir au plan préétabli. C'est ma discipline personnelle. Je ne me permets pas de m'écarter de mon habitude, de peur de perdre ma concentration. Chaque seconde est calculée et mise à profit pour garder mes priorités à un taux maximum d'alerte. J'organise ma journée comme je le veux, comme je le peux, sauf pour les séances de pose, bien sûr. Quand j'ai rendez-vous avec Bill Gates ou Larry Page, je dois m'organiser en fonction d'eux et de leur emploi du temps mais dans l'ensemble, mon planning est plutôt souple et je m'adapte à la journée qui se présente. Depuis que j'ai commencé le portrait de Palantir, je passe pas mal de temps à Palo Alto. Quand le portrait prend davantage de temps, je le travaille depuis Los Angeles.

Est-ce que j'aime ce que je fais ? J'ai aimé, profondément mais aujourd'hui, je n'en sais rien. Je suis contente de résider le temps d'un tableau dans la Silicon Valley, pays des mathématiques. J'apprends beaucoup. J'ai pu, de l'intérieur, me faire une idée de cette vallée aux idées, l'endroit au monde où les rêves les plus fous se réalisent, certains en dépit du bon sens. Un paradis où la réussite n'est pas synonyme du mal. La langue parlée est l'algorithme et pour travailler, je tente de saisir les couleurs des mathématiques. Mais j'en ai vu bien plus que je n'en avais envie. J'ai vu les déchets du monde qui déborde de l'âme assise face à moi. J'ai vu la fin des libertés. J'ai vu la folie intouchable, le pouvoir intouchable, un fou intouchable. J'ai vu les conséquences d'un rêve. Le monde de demain.

J'ai vu beaucoup de choses et j'ai très peur.

Palantir attend que je l'immortalise. Il rêve d'acquérir la vie éternelle, quels qu'en soient la manière et le prix. Des rumeurs courent sur lui, dont l'une est qu'il se ferait transfuser du sang de jeunes pour rajeunir. Je ne sais pas si c'est vrai. En même temps, quand on se penche sur ce que peut la médecine, doublée par la technologie, rien ne paraît impossible. Le mythe du vampire doit bien reposer sur quelque chose.

Pour Palantir, je suis une possibilité d'immortalité comme une autre, seulement l'art, en tant que producteur d'éternel, me rend davantage prestigieuse… Enfin, c'est ce que je me dis…

3.

Alors que l'ours cherche la vérité sur le tronc d'un arbre, le crapaud essaie de comprendre la géométrie euclidienne

La maison que Palantir a mise à ma disposition est située à Palo Alto, sur Mark Twain Street, près de Rinconada Park. Timide, elle se cache derrière trois pamplemoussiers et un oranger. Elle est petite mais parfaite pour des périodes courtes et en plus, elle est *augmentée*. Je ne sais pas vraiment ce que ça veut dire, si ce n'est qu'elle a une bonne connexion Internet. J'ai aménagé le salon en atelier, gardant un petit coin canapé. La lumière est superbe.

Pour découvrir ce site mythique, je me suis beaucoup promenée. Je m'attendais à quelque chose de fou et d'audacieux et de génial mais hélas, pas d'architecture visionnaire, de villas futuristes, de manoirs somptueux, ni de voitures de luxe. Les maisons se ressemblent et les voitures sont toutes électriques. Mon quartier est discrètement huppé et très entretenu, propre et anonyme, parfaitement ordonné et trop paisible.

Les petits salaires n'ont pas accès à ces quartiers. Les codeurs, la main-d'œuvre de ces usines à inventions, s'empilent littéralement à plusieurs dans des maisons pour payer des loyers exorbitants. Tout autour, des bidonvilles et des sans-abri qui s'entassent. Les catégories d'habitants sont clairement définies dans la Silicon Valley. Les grandes stars et ceux qui travaillent directement avec elles. Les codeurs, qui représentent la masse numérique. Et ceux qui ramassent discrètement les ordures à la tombée de la nuit, ou tôt le matin, les employés des sociétés de service chargés du ménage, tous ceux que l'on appelle essentiels et qui sont rarement mentionnés. Ils sont invisibles. Puis il y a les pauvres, les SDF, une catégorie qui n'existe pas dans la réalité sociale, la seule qui soit en extension perpétuelle.

Je resserre mes baskets encore une fois et attrape mon coupe-vent en sortant. Il fait froid le matin. Je cours doucement pour m'échauffer. Passant comme tous les jours devant les pelouses vertes et les voitures garées, je cherche le désordre du vivant. Une chaussure d'enfant oubliée devant la porte d'entrée, un sac en plastique qui n'est pas arrivé jusqu'à la benne à ordures, un bidon d'essence à côté d'une voiture, des jouets d'enfants éparpillés ici et là, un vélo avec un pneu éclaté, une boîte à lettres à la peinture écaillée, une canette de coca debout sur une chaise. Même éparpillés, cela ajouterait du caractère. La propreté trop systématique est toujours un peu inquiétante et parfois j'ai un serrement au ventre en me demandant jusqu'où ira la propreté.

Le ciel est très bleu mais quelques nuages insolents s'amusent à dériver sans logique, comme pour narguer la cité de la technologie qui rêve d'ordonner logiquement le ciel et les nuages. Si le ciel pouvait parler et peut-être le peut-il, il aurait demandé aux nuages d'aller voir ailleurs ou, au moins, d'appliquer une suite logique et raisonnable. Le soleil a déjà pris place dans les hauteurs, d'après la perception des hommes et il ne s'occupe ni des nuages ni du ciel bleu, il se contente de briller de toutes ses forces. À San Francisco et à Palo Alto et aussi à Beverly Hills, les gens passent sans regarder ni le ciel bleu ni le soleil qui brille comme pour attirer l'attention. Il fait chaud et ils se pressent pour se mettre à l'abri à l'intérieur où l'air conditionné fonctionne à plein régime.

Arrivée au bout de la rue, je prends à gauche. Un homme sort de sa villa, il porte un tee-shirt mauve et un jean avec un trou au niveau du genou. Il lève la main et me salue. Have a good one. Je réponds avec un sourire. You too, have a nice day.

C'est curieux que le lieu d'habitation essentiel du noyau dur qui a donné une nouvelle forme au monde, au système politique, à l'humanité soit aussi insipide. On aurait pu penser que la concentration de tant de génies aurait apporté du caractère, de la personnalité à l'architecture mais ce n'est pas le cas. Puis, au détour d'une allée, je le vois. Sous un arbre, servant de penthouse à une nuée de perruches qui discutent à voix haute, un homme assis sur un banc écrit dans un cahier. Je ne l'ai jamais vu mais il est si étrangement hors de propos et si humain que je m'arrête. Victime moi aussi de la mythologie technologique qui sous-entend qu'une personne férue de technologie ne touche jamais à du vrai papier, je suis désarçonnée. Je ne bouge pas. L'émergence du monde de jadis, avec ses odeurs de papier, le crissement d'un feutre, le silence d'une bibliothèque qui sent le renfermé, la vision d'un feu de cheminée est troublante, agréablement troublante. Je fais un pas. Je veux m'asseoir et demander ce qu'il écrit. Peut-être qu'il me parlera de Descartes, ou de Bergson. Regarde-moi, pour que je puisse te voir. Une petite voix agaçante dans ma tête me dit de m'en aller, que je suis ridicule et qu'est-ce que j'ai l'intention de lui dire ? Lui demander son nom ? Demander s'il aime le chocolat chaud ou le café le matin. S'il lit beaucoup ? Demander ce qu'il pense de la situation politique ? Faisant taire la voix, je me penche en avant pour resserrer encore mes baskets.

Je ne parle pas la langue de la Valley. Les mathématiques et les codes sont des langues étrangères que j'ai peu d'espoir de maîtriser. Ou que je ne désire pas maîtriser. Je les trouve jolies. Coder est une langue, ni plus ni moins, c'est ce que je me dis quand ça va mal et que je me sens insuffisante, faute de connaissance. La force des codeurs vient du fait que peu de gens parlent cette langue. La grande majorité ne la comprend pas. C'est comme le latin mais en plus obscur. Les métaphores ne sont pas dans les mots mais dans ce que fabriquent les codes dans l'univers virtuel.

Le jour où les gens pourront comprendre les algorithmes, ce jour-là les maîtres du monde perdront leur emprise. Les maîtres du monde se nourrissent de l'obscurité, ils parasitent la compréhension. Pourtant ces langues manquent de légèreté. Utiliser une telle langue c'est comme écrire en prison, il y a peu d'ouverture. Sans limites, elle manque de spontanéité. Si la question n'était que poétique, la langue aurait perdu son aura depuis longtemps. Néanmoins c'est une langue utile et pragmatique avec laquelle on peut tout créer et éventuellement, par extension et par accumulation, tout contrôler. Elle ne m'intéresse pas. Je ne veux pas devenir Dieu ni tout contrôler. Et pourtant, paradoxalement, cette langue me captive. Peut-être est-ce son côté obscur, cette incompréhension que j'éprouve chaque fois que je regarde les codes. Elle est comme une gigantesque énigme… Ce que je ne comprends pas m'attire et me passionne.

Ne pouvant pas resserrer éternellement mes baskets, je me remets debout. Les Américains sont susceptibles et pensent tout de suite à mal. Il est temps de partir. Les procès pour harcèlement sont fréquents. Je ne pars pas. Mais lève la tête, bon sang. Je ne me sens pas mal à l'aise malgré mon stationnement prolongé. J'attends qu'il me regarde… Il n'y a rien de louche à ça. Encore cette petite voix qui me dit combien je suis stupide. Foutue voix. Il doit sentir que je suis là et que j'attends qu'il lève la tête. Il doit savoir qu'il est vital que je le connaisse. Un son sur mon téléphone m'indique qu'il est temps de me préparer pour ma journée et je me retourne pour partir quand j'entends sa voix.

Je suis désolé. Je suis parfois un peu lent. Je devais finir une phrase.

Je me retourne. Il est debout et me sourit. Sa voix correspond à mes attentes. Je me sens subitement légère. Je me doutais bien que lui aussi pressentait qu'on devait se connaître. J'ai une envie folle de rire. L'évidence s'abat sur ma tête comme une retombée nucléaire. Je suis enfin chez moi. Quelle étrange sensation. Reconnaître une personne qu'on n'a jamais vue, c'est le coup d'âme, la foudre qui déchire les voiles de l'incertitude, bascule tout en un clin d'œil dévastateur. Je fais quelques pas pour être plus proche de lui. On est face à face. On ne se touche pas et pourtant je sens sa peau, sa chaleur. Mes jambes tremblent. Je serre mes mains pour qu'elles ne tremblent pas, elles aussi.

Tu voulais me poser une question ? Il tient son cahier à la main. Il a de très belles mains. Fortes, nerveuses, élégantes.

Il est à l'évidence l'homme parfait et cela malgré sa corpulence plutôt petite et ramassée, ses grandes oreilles et ses grands pieds et ce bout de ventre qui ne se décide pas à être ou ne pas être. Notre échange est niais et superflu, pas vraiment une conversation intelligible et pourtant je n'ai jamais eu un échange aussi riche, aussi complet, aussi merveilleux.

Ma question. Oui. Je cherche. Est-ce que... Je me perds dans ses yeux, je ne veux plus en sortir. Qu'est-ce que c'est dur de se concentrer...

Ce n'est pas très précis... Il articule lentement.

C'est que... Tu écris.

Le ridicule ne veut pas dire qu'on est induit en faiblesse. C'est la reconnaissance d'un sentiment d'absolu qui nous dépasse et on trouve un semblant d'accroche, de main tendue dans le ridicule qui curieusement annule le ridicule en tant que tel.

Oui. Je sais... J'écris.

Son sourire me touche la joue, mes yeux, mon cou. Lui aussi est en manque de concentration, lui aussi s'est perdu... Je vois mon écho dans ses yeux, il voit le sien en moi.

J'ose ma question. Qu'est-ce que tu écris ? C'est la question la plus indiscrète que j'aie jamais posée, la plus essentielle et la plus chargée de sous-entendus.

Il attendait ma question. Me regardant toujours dans les yeux, il me dit tout, avec si peu de mots.

Des questions qui reviennent. Quand elles reviennent... ça veut dire qu'elles sont importantes...

On sait tous les deux que ces mots n'ont aucune importance et pourtant il y a des évidences si riches de sens que ça en donne le vertige.

Des questions... ?

Sur ce qui est complexe. J'aime fouiller, apprendre. Il remue légèrement la tête. Pour mon plaisir. Comme le saut quantique...

Ça me fait rire, le saut quantique. C'est drôle. Je ris... Il rit aussi. Est-ce qu'on se tient les mains ? J'entends sa voix et j'ai envie de m'enfouir dedans. Il me parle de l'ordinateur quantique. La possibilité d'augmenter l'humain, la société, la vie. C'est un domaine à penser, pas vrai ? Tout est à repenser. Être et ne pas être en même temps.

À penser, c'est sûr... Jamais je ne me suis sentie aussi drôle... L'immortalité... Une fiction qui devient réalité, c'est discuter avec Dieu, je dis comme si je racontais une blague.

On va pouvoir vivre éternellement, il fait avec un clin d'œil... On aura plus de temps comme ça, j'ajoute, rougissante... Je me balance d'un pied sur l'autre, timide et inquiète. Il va partir et qu'est-ce que je deviendrai ? Je me sens déjà vide, abandonnée, oppressée, des larmes partout dans mon corps comme un tsunami lâché dans mes entrailles, accompagné d'un typhon.

Je suis professeur d'Humanités et travaille tantôt à Stanford, tantôt à Los Angeles. Il se penche en avant et attrape son sac à dos et range son calepin dedans et il se redresse et me dit qu'en dépit du ciel bas et lourd, c'est quand même une belle journée, pas vrai ? Il me tend un morceau de papier avec son adresse email écrite dessus. Il commence à marcher, pas très vite et en tenant la tête un peu vers la gauche, peut-être pour me voir du coin de l'œil. Je le vois s'éloigner, triste. À bientôt ? À demain. Je ne sais pas qui a dit ça mais je me sens joyeuse et heureuse et excitée quand je me remets à courir. La petite voix me dit de faire attention, le temps n'est pas propice aux peines de cœur mais je me sens grandiose en répondant que j'ai le temps... On pense toujours pouvoir maîtriser l'amour, voire s'en défaire...

4.

Ce n'est pas parce que l'hippopotame ricane qu'Einstein mangera une pizza

Je rajuste mon masque et m'applique une giclée de gel sur les mains en passant devant le gardien. Il me rappelle, en brandissant son thermomètre. J'avance le front. Vert. Parfait, il dit.

Je traverse l'open space, trop calme aujourd'hui. Le mois dernier, le personnel était au complet. On se disait bonjour, serrait des mains et j'avais droit à des embrassades maladroites à l'américaine. Le monde d'avant, avec ses insouciances, me manque.

Mon espace est équipé de murs mobiles où je peux accrocher mes esquisses, des essais, des débuts de tableaux à l'aide de clips. J'ai également un chevalet, le même que celui qui se trouve dans le bureau de Palantir. L'emplacement, attribué par Palantir, n'est pas mal, il y a de la lumière et du va-et-vient. J'ai besoin de m'isoler au cœur de la foule, travailler et sentir en même temps l'agitation autour de moi. Enfin, pour l'instant je ne perçois pas beaucoup de mouvement. Les gens maintiennent la distance.

Aujourd'hui, ce n'est pas grave. Je plane sur le nuage de l'amour et n'importe quel prétexte est bon pour rire et exposer ma joie de vivre. Même le fait que le bureau de

Palantir se trouve juste en face du mien ne compromet pas cette journée splendide. Il a insisté pour que je sois installée à proximité, afin que je puisse l'observer dans son milieu naturel. Ça ne veut pas dire que je le connais. Il avoue sans honte préférer les algorithmes aux gens. En période de crise, l'activité ne ralentit pas, dit-il. Et la nouvelle société se met enfin en place. On ne peut plus reculer, on ne peut qu'avancer. *People have to overcome being people.* Il ne dit jamais d'où il sort ses citations mais il me scrute à chaque fois pour voir ma réaction. Il sait que je l'appréhende.

Je parcours lentement l'étage pour repérer qui travaille aujourd'hui. Palantir n'est pas encore là et j'ai de l'énergie en trop. À l'étage inférieur, je passe par l'espace repos où l'on trouve tout le nécessaire en vitamines, en stimulants et en coupe-faim, des plats délicieux, tout ce dont on peut rêver. Thé, café, chocolat et sodas, de l'eau parfumée aux fruits, rien ne manque. Les codeurs aiment qu'il soit possible de manger à n'importe quelle heure. Partout, des bouteilles de gel et des lingettes, des distributeurs de boissons et des biscuits. Même s'il n'y a plus grand monde, des cuisiniers continuent d'officier, ainsi que quelques serveurs. Ils sont tous masqués et portent des gants.

L'architecture a été conçue pour la déambulation. Marcher, penser, discuter, échanger et développer des idées et rien pour l'empêcher. Tout est immédiatement accessible, où que l'on soit. Au long des larges couloirs, aussi larges que des allées, des espèces de nids, des petits espaces où l'on peut s'asseoir et travailler ou simplement fermer les yeux. Des poufs qui accueillent parfaitement le dos. Des fauteuils qui ressemblent à des capsules ou des mini-cabines avec tout ce qu'il faut en prises et écrans. Près des baies vitrées, des canapés moelleux et des hamacs pour faire une micro-sieste. Des bureaux de dimensions variées sont aménagés dans des ambiances différentes, avec des blocs d'alimentation électrique. Des lampes et des ampoules nues éclairent l'ensemble de façon harmonieuse. Des plantes vertes augmentent la fraîcheur et améliorent la qualité de l'air.

Je me demande si c'est la fin de ce gigantesque think tank. À cause du virus, la plupart des codeurs travaillent de chez eux. Ça y est, il n'y a plus d'obstacle au télétravail, avait dit l'un d'eux en partant, le masque bien ajusté sur son visage. C'est une raison supplémentaire pour réduire les espaces, et ils parlent déjà de pouvoir travailler depuis un autre État, où les loyers sont moins chers. C'est si triste, un bureau fantôme. Le vide est oppressant. Les éclats de rire, les discussions et les conversations et les conflits à voix haute, les coups de fil, le bruit des claviers. Les employés qui se déplacent pour échanger à propos d'une idée, ou demander de l'aide pour un problème, les regroupements devant les tableaux. Ça me manque.

Puisque la programmation est un travail ennuyeux, m'a confié un informaticien, la direction ne lésine pas sur les avantages pour nous attirer. Les conditions de travail sont donc optimums. Je prends une banane et un petit sachet de noix à l'espace détente et passe devant l'immense toboggan érigé dans le patio. La direction attache beaucoup d'importance à l'enfance perpétuelle. Penser égale jouer. Un type est assis à côté du toboggan et pianote sur son iPad. En des temps normaux, j'entendrais le brouhaha de basse-cour de ceux qui s'en servent. Cette manie qui consiste à jouer à l'enfant est éprouvante. J'ai essayé de comprendre en quoi revendiquer être un enfant quand on est adulte peut représenter une démarche courageuse ou être assimilé à un état exceptionnel mais je n'y suis pas arrivée. On commence tous par l'enfance. La société de Palantir détient les données numériques de l'armée, du Pentagone, des bureaux fédéraux, de nombreux centres de recherche. Elle s'occupe d'assurer leur sécurité avec un régiment de codeurs dont la moyenne d'âge est de vingt ans, des enfants avec du poil aux lèvres. C'est ici que les systèmes du monde se créent. Seulement ils n'ont pas toujours idée de la répercussion de leurs codes. L'expérience est indispensable pour comprendre quel peut être l'impact d'un code sur le monde. Écrire un algorithme n'est pas considéré comme un acte avec conséquences, à l'égal d'une opération à cœur ouvert ou la réparation d'une bombe nucléaire. Sans surveillance, sans transparence, l'algorithme détermine pourtant la vie de sept milliards de personnes.

J'aime assez ces espaces ouverts, ces zones de travail partagé, c'est rassurant et tellement plus chaleureux que les longs couloirs où les gens sont enfermés dans des petits bureaux. Où que l'on se place, on fait partie d'un grand ensemble. Ou presque. Les algorithmes conçus pour l'embauche disposent d'un seul profil d'intérêt, celui du mâle blanc. La difficulté réside dans le fait de pouvoir entrer dans la société pour y participer quand on n'est pas un mâle blanc. Quoi qu'il en soit, le virus nous projette en avant, à la manière d'une fusée. Les médias parlent de l'éventualité d'une pandémie. Je n'arrive pas à me représenter sa réalité. C'est comme un mot qui manque sur le bout de la langue.

Un développeur concentré sur son ordinateur lève la tête juste quand je passe. J'ai discuté avec lui à quelques occasions. Très nerveux, il saute sans cesse d'une jambe à une autre. Tu vas bien ? Surprise, je m'arrête. Je hoche la tête. Je vais bien. Merci.

On n'est plus très nombreux à venir au bureau, hein, dit-il. Ses mots sont légèrement étouffés sous le masque qui a l'air d'avoir été fabriqué à la maison. Sa barbe passe en dessous.

Espérons que ça se termine bientôt.

Il fait partie de ceux qui se mettent en colère quand l'entreprise prend de mauvaises décisions.

Tu crois qu'ils ont choisi la bonne option en nous obligeant à rester chez nous ? Malgré tout, le gouvernement n'en a pas donné l'ordre. Ce n'est peut-être rien, ce virus.

Je ne sais pas, je dis. Peut-être qu'on n'a pas le choix. Le mot pandémie refuse de s'énoncer. Il reste bloqué sur ma langue, comme si sa réalité dépendait de son énonciation. Une forme de superstition langagière, sans doute.

On ne sait jamais quand les croire ou pas. Il baisse la tête sur son clavier mais quelque chose dans sa posture me dit qu'il ne veut pas mettre fin à la conversation.

Par *ils,* tu veux dire les dirigeants de l'entreprise ?

Oui mais pas seulement Palantir. Tous les dirigeants. Quand je pense qu'ils ont débuté pour la plupart dans un garage.

Lui aussi a dû être immergé dans cette mythologie de la technologie, où tout est possible, où les limites n'existent que pour être repoussées. Lui aussi a eu des idées sur l'humanité, le bien que ses codes apporteront au monde, les innovations qui pourront sauver la planète, comment irriguer les terres sur tous les continents et se débarrasser des bouteilles en plastique, comment se passer de pétrole en utilisant d'autres sources d'énergie ou créer de la viande sans tuer les animaux, comment cloner les abeilles. Qui ne veut pas éradiquer la maladie, les virus, le cancer ? Trouver l'immortalité ? Les projets sont nombreux et les idées nobles.

C'était il y a un bout de temps, je dis pour dire quelque chose. J'ai envie de continuer mon chemin mais les bureaux sont si vides.

Peut-être mais je n'oublie jamais pourquoi je travaille ici. Le consortium est ce qu'il est. La plupart des codeurs s'écrasent et enterrent leurs idéaux, c'est sûr. Mais on est quelques-uns à s'élever contre certaines dérives et à dire aux patrons qu'ils ont intérêt à filer droit, sinon on descend dans la rue. Chez Google il y a eu de vraies manifestations.

Le PDG les a accusés d'être pro-communistes, non ?

J'avais lu des articles là-dessus et me souviens avoir été enthousiaste. Si ça bouge à l'intérieur, ça peut avoir des conséquences.

Oui, et c'est toujours considéré comme le mal absolu. Ça ne me dérange pas d'être accusé de communisme, j'en suis même fier. J'avais un prof à Stanford qui nous poussait à plus d'esprit critique. Ça m'est resté. La technologie, l'intelligence artificielle, la quantique, c'est l'avenir. Il vaut mieux être dedans que dehors et si on peut tout faire, autant le faire bien, pour tous. Il garde les yeux fixés sur son écran. Il est toujours aussi timide mais nettement moins dupe que je ne le croyais.

Je pensais que les codeurs avaient demandé à retravailler en présentiel ?

C'est le cas, il répond. Mais la direction a refusé. Le virus est trop présent. Plusieurs pays ont fermé leurs frontières aux vols en provenance de Chine et conseillent à leurs concitoyens de ne pas y aller. D'ailleurs la Chine a mis Wuhan en quarantaine.

Ça veut dire que la direction prend soin de ses employés… J'essaie de trouver quelque chose de positif à dire mais mon imaginaire m'a laissée tomber.

J'aimerais que ce soit vrai mais j'en doute, il dit. Ses épaules sont plus tendues, plus raides. Je comprends que la conversation est finie.

Eh bien, bonne journée. C'était un échange très chouette, je dis en m'éloignant lentement.

Have a good one, il fait sans me regarder.

La plupart des codeurs se fichent de l'orientation philosophique de leur employeur. Ils sont là pour gagner de l'argent et n'ont aucun problème à faire des compromis. Moi aussi, je suis là pour gagner de l'argent. J'aurais pu refuser le portrait de Palantir et l'annoncer comme un non à la politique du consumérisme, un défi à la toute-puissance technologique. Ce n'est pas ce que j'ai fait. J'ai accepté le contrat.

Je monte à l'étage supérieur où se trouvent mon bureau et celui de Palantir. Deux agents de sécurité sont devant la porte. Ça veut dire qu'il n'est pas encore arrivé. Ou qu'il ne veut pas être dérangé.

La politique ennuie les Seigneurs de la technologie. Ils considèrent les hommes politiques comme des ratés et ne comprennent pas qu'ils doivent s'adapter à leurs lois. Pourquoi filer du fric à un gouvernement d'incompétents ? Les politiques sont des gâcheurs, des mazettes, des profiteurs. Ils vivent avec nos investissements, nos gains, nos risques… Hein ? Pourquoi serait-ce à nous d'entretenir toute la planète ? Payer pour ceux qui ne font rien ? L'État ne nous donne rien. Au nom de quoi a-t-il le droit de nous demander du fric ? Il nous le prend pour l'offrir à une bande de pieds-plats. En quoi est-ce juste, ça ? Et comment pourront-ils améliorer le destin des hommes sans nous ? En s'appuyant sur des formules mathématiques bricolées par des pseudoscientifiques, faites d'intégrales, de signes et de trucs reposant sur des hypothèses qui devraient être fortement critiquées ? Qu'ils attendent pour voir, quand on aura nos États privés. Quand on pourra éradiquer tous les virus de la Terre. Tout le monde voudra en être...

Je pose mon sac à côté de l'étude de Palantir placée sur mon chevalet d'atelier en hêtre massif. Je peux y mettre un châssis jusqu'à 2,41 m et le mien fait 1,95 m. C'est mon chevalet préféré. Avec les roues, je peux le déplacer et il a quelques tiroirs. Il existe des modèles motorisés mais je me suis contentée d'un à manivelle. L'air quelconque de Palantir contraste singulièrement avec cet ascendant naturel qu'il dégage au centre de la toile et qui ne s'interroge pas. À la manière de la royauté d'autrefois, à la manière du soleil, il domine tout. L'influence des technologies n'est plus à prouver. Même la démocratie n'est plus qu'une histoire d'algorithme. Dans l'idée, on joue encore à la démocratie pour se rassurer et nous donner un semblant de contrôle sur notre situation. En réalité il n'y a plus besoin de voter. Il suffit d'analyser les données récupérées sur les réseaux. Le nom du président serait une évidence, le gouvernement irait de soi. Pourquoi voter, alors qu'on sait pertinemment que ce n'est que de la mise en scène ? C'est hypocrite, voilà ce que c'est. La preuve, c'est que les sites de rencontres fonctionnent à merveille. Les algorithmes récupèrent les données sur les réseaux sociaux et les sites d'achats. Ils accumulent les goûts, les habitudes, les préférences des internautes, décryptent les points communs, détectent les harmonies possibles et réunissent les éléments assortis. Deux personnes qui se ressemblent se comprennent et parce que leurs pensées s'accordent, ils n'auront pas de sujet de dispute ou de controverse. Les efforts pour comprendre l'autre ne seront pas nécessaires. Pas besoin de faire des compromis. Évitant les complications, ils n'auront pas de mauvaise surprise et ne devront jamais se remettre en question. Ces relations de non-contrainte ne sont pas passionnelles mais pratiques. Elles échappent à la douleur et la souffrance de la contrainte, du désaccord, du conflit. L'amour et la passion se caractérisent désormais par l'absence de conflit. Être heureux, c'est pouvoir s'accorder sur tout. La passion n'est pas calculable par un algorithme, elle échappe à la modélisation et, de fait, on l'élimine par une redéfinition de sens. La passion est mutée pour devenir une forme de harcèlement. L'amour se trouve dans l'endurance et ne peut être instantané. La déception amoureuse définit désormais ce qu'est l'amour, une déception incontournable qu'il faut accepter d'entrée de jeu.

Je reste devant le portrait de Palantir. Je ne peux pas dire que je le hais mais il me fait peur. Quelque chose de plus obstiné dans ses yeux ? Un désir d'absolu ?

C'est un portrait en pied. Il se dédouble à l'intérieur de lui-même, telle une poupée russe. Sur le ventre, le visage de Palantir, presque égal au visage du corps entier, à quelques détails près. Autour de sa personne, d'autres visages de lui-même gravitent, à la manière des planètes autour du soleil. Chaque visage affiche une expression différente et les nuances de leurs couleurs diffèrent selon les expressions. L'arrière-plan est son visage mais transparent, presque en filigrane. Par endroits, à la manière des étoiles, un œil, une oreille ou une main, rien que des membres de Palantir. Ses yeux changent de visage en visage et pourtant ils forment un ensemble.

Je prends un chiffon dont je mouille le bout et je monte sur le marchepied et le passe sur l'œil gauche situé sur son ventre. Une légère différence entre les deux yeux oblige les gens à s'arrêter. Quand tout est lisse et équilibré, on ne voit plus rien. Par contre, on enregistre inconsciemment une dysharmonie, assez pour y réfléchir. Quand j'avais exposé mon idée de portrait, il avait été enchanté. Tu es plus ambitieuse que tu en as l'air, m'avait-il dit.

Palantir m'a déjà dit qu'on n'avait plus besoin de voter, que l'intelligence artificielle était prête pour s'occuper des tâches qui nous ennuient. Il m'avait vaguement parlé de ce système de non-contrainte. Les gens préfèrent se dégager des contraintes. La démocratie exige qu'on endosse sa part d'effort, qu'on prenne la responsabilité de ses actes, elle suppose la participation de tous. Les gens ne savent pas ce qu'ils veulent. Les algorithmes prennent la décision à partir des données. Ils ne mentent jamais. Chaque clic est d'une certaine manière un vote. De ce clic, on peut tout déduire d'une personne, même ce que la personne ignore. Autant y aller franchement. Ce n'est plus la peine de voter. On se fatigue moins et on a plus de temps pour des choses considérées plus importantes.

Je vois ça comme un État providence qui s'est développé en dictature algorithmique sous les apparences d'une démocratie mais depuis que je travaille dans le bureau de Palantir, je garde ce type de remarque pour moi. Avec les algorithmes, il vaut mieux passer inaperçu.

Je me contente d'écouter les codeurs parler d'analyses d'informations, d'études de plateformes, de gestion quotidienne des données, comment surveiller ce qui se passe en Chine, où les données numériques sont soumises à une seule entité, en voie de devenir un pouvoir absolu. Les posséder, c'est posséder le monde. Même Dieu tuerait pour détenir toutes ces données. Les codeurs disent entre eux que s'ils ne font pas comme en Chine, ils seront très vite dépassés. D'après ce que je vois, ça fait un bout de temps que la Chine les a devancés.

5.

Le jour où le caniche cherchera ses oreilles, l'autruche déclamera la théorie de la relativité

J'ai rendez-vous avec Achille sous l'arbre. Depuis que je l'ai rencontré, je ne sors plus de ma rêverie. Je me trompe de chemin, je reste dans ma voiture trop longtemps, je tarde devant mon dîner, j'observe, captivée, la machine à laver qui tourne et tourne. J'avoue sans honte ma niaiserie amoureuse. Et ça me fait peur parce que sa présence douloureuse dans mon corps me plaît, j'en veux davantage, j'en veux à la folie. Le sentir si proche de moi, si indispensable, propage ce supplice comme une nécessité vitale que je désire plus que tout. Je veux tout savoir de lui. Tout. Il a changé le cours de ma vie, il m'a changée, non pas en dépit de moi mais parce que je l'ai convoité, accepté, décidé. Je veux devenir celle que je suis avec lui. J'ai commencé son portrait ce matin. Le voir naître sur ma toile, entrer dans cette communication si particulière et souterraine de la création intensifie son existence près de moi. Travailler sur sa forme, sur ses couleurs rend insoutenable cette torture dont je ne peux me passer même une seconde. Comment se réveille-t-il, que regarde-t-il quand il prend son petit déjeuner, que sent-il quand il sort de chez lui. Savoir qu'il existe matérialise la seule définition du bonheur possible. Mon portrait est un acte de pure indiscrétion mais Achille devient réalité sur ma toile, mon réel et je l'observe apparaître, se dessinant à travers les couches de peinture. Il n'y a pas de complicité plus puissante que celle nouée par la création artistique.

Très en avance, je marche lentement. Que la Valley soit aussi anodine sous-entend que les grandes idées se logent dans l'insipide, un terrain favorable pour optimiser le bonheur. Ce mot, bonheur, m'a toujours paru oppressant, aux conséquences souvent désastreuses, surtout quand il se définit d'après un désir de sécurité. Payer le prix fort pour obtenir et consolider un espace sécurisé où la vie n'a plus d'emprise, où le risque zéro devient la prison la plus sûre de la planète ne semble plus gêner personne. Qui désire encore sa liberté ? Mais le bonheur revêt de multiples visages, celui qui émerge de la douleur de vivre, de la puissance amoureuse, un bonheur qui existe dans un trouble clandestin, qui dépend de son secret et qui ne se partage pas. Le bonheur ne peut qu'être sombre parce que sa jouissance ne peut qu'être de courte durée.

Sous l'arbre devant moi, Achille écrit dans son petit cahier. Un sac en toile est posé à ses pieds. D'un pas léger, je m'avance vers lui, préparant mentalement une phrase d'introduction qui dit ma joie sans dévoiler mon trouble mais un sourire trop grand fend mon visage en deux et la conscience de moi-même augmente ma timidité. Comment cacher un excès d'expression ? Mon humiliation s'agrandit comme mon sourire trop large pour mon visage. Sans énoncer un seul mot, je prends place à côté de lui. Il me regarde de côté et me lance un sourire en sous-entendu. Je rougis comme une crevette dans de l'eau bouillante. Les sous-entendus bavardent beaucoup trop et je creuse mon cerveau pour trouver quelque chose à dire.

Tu n'as pas d'ordinateur ?

Ma question est bête. Nous sommes dans la Silicon Valley, le royaume de l'informatique et voilà que je m'accroche à la nostalgie d'un temps sans ordinateur, le cahier étant indéniablement plus romantique et romanesque mais bon. Il se met debout et commence à marcher et je le suis. J'en ai un… Il me contemple du coin de l'œil. Un ordinateur. C'est décevant, je sais…

Je trouve ça hilarant et pousse une espèce de rire étouffé. Heureusement que le décalage ridicule ne fait pas fuir l'amour. Dans les champs, le blé bronze sous le soleil… Non, ne dis pas de bêtise. L'amour accepte sa part de ridicule mais connaît des limites… Peut-être que lui aussi trouve notre discussion hilarante. Son sourire s'élargit plus que de raison et ses yeux brillent de mille petits soleils qui me réchauffent.

On s'arrête et on est debout, face à face et on se regarde dans les yeux. Puis, cette brûlure atroce qui traverse mon corps, la douleur du plaisir.

Palo Alto nous enlace doucement, une ville, une pensée, un futur, peut-être. Je ne la vois pas comme une menace. Ce n'est qu'une ville.

Allongé sur le lit, Achille me tient dans ses bras. Je lui dis que je peins des portraits… Plus précisément des portraits des dieux de la technologie. Je parle de celui que j'avais fait de Zuckerberg, comment il avait noué une sorte d'amitié et comment je m'étais laissé prendre. Ce qui m'avait étonnée chez lui, c'est qu'il ne s'inquiète pas de l'état du monde. Il considère que la technologie peut sauver le monde et ne s'en fait pas. Sa devise ? Sauver des vies.

Je lui dis que je cherche leur point faible, pas parce que j'y prends plaisir mais parce que c'est là où ils sont visibles. Où ils ne peuvent plus se cacher. J'essaie de dégager l'obscurité de leur langage, qu'on entende ce qu'ils disent réellement. Quel est le dessein, derrière, qui les motive.

Je cesse de parler et pose ma main sur sa poitrine. Je ne sais pas pourquoi mais j'ai cette impression que notre temps est compté, que s'il est ici aujourd'hui, il ne sera pas là demain. Déjà, je ne peux pas imaginer un monde sans lui. Confuse, je bredouille encore. Enfin, j'ai d'autres projets en cours... Il prend ma main et l'examine de son doigt.

Combien de temps prend un portrait ? Est-ce que tu resteras ici ?

Il regarde nos mains enlacées.

Je ne sais pas.

Je sais que je ne veux pas être où il n'est pas. Il dit qu'il doit retourner à Los Angeles.

Je réponds moi aussi.

Me lovant contre lui, il me parle de son travail. Je suis l'un d'eux, il dit. Je suis dans leur bulle et ma vie est organisée comme une méthode, stricte et tenue et sans place pour l'imprévisible. Je ne veux pas de la spontanéité. J'appréhende ce qui arrive sans que j'en sois prévenu. Toi, tu me fais peur. Tu es incompatible avec la vie que je me suis construite. Si je continue à te voir, je compromets ce qui est devenu ma protection, ma forteresse. Tu es l'accident que je ne peux pas me permettre.

Et pourtant tu es avec moi, ici et maintenant.

Il me serre contre lui. Très brièvement, avec beaucoup de force. Puis il se lève et prend son pantalon. J'ai subitement peur qu'il me quitte, qu'il m'abandonne alors que je viens de le trouver. Il sort son calepin de sa poche et écrit quelques phrases, ou mots et il range le calepin dans son pantalon. Ce sont juste quelques notes, rien d'important. C'est délicat le futur, surtout quand on veut redéfinir ce qu'est l'humain. Avec la technologie quantique, on pourrait faire des choses pour le moment inconcevables. C'est ahurissant. Il se couche à nouveau à côté de moi, me reprend dans ses bras. J'écoute sa voix comme venant de loin, plus sensible au fait qu'il me tient dans ses bras qu'à la technologie quantique. Il dit que sur toute la planète des chercheurs travaillent comme des forcenés pour la mettre au point. Pourtant, tous les spécialistes ont peur des conséquences, qui sont absolument imprévisibles. La quantique permet de penser par tellement de chemins différents. C'est vertigineux, puissant, effrayant. On peut déjà atteindre des vitesses de calcul qu'on n'aurait jamais pu imaginer. Mais est-ce que l'humanité pourra suivre ? Le hic, c'est qu'on ne sait pas comment ça se met en place. Le calcul quantique est inexplicable parce qu'il n'emprunte jamais le même itinéraire. Il explore tous les chemins instantanément et on n'a aucune idée de la manière dont il arrive aux résultats. On ne comprend pas. Pouvoir toucher Dieu, être et ne pas être en même temps, être mort et être vivant en des endroits différents donne lieu à une science de fous pour les fous. L'humanité telle qu'on la connaît fera un bond parce que ses possibilités se multiplieront. Mais au bout du compte, nous vivrons dans l'ignorance, donnant volontairement le contrôle de nos vies à une intelligence contrefaite, factice, fabriquée, qui n'est pas humaine mais qui apprend par elle-même, qui évolue indépendamment de nous et qui est impénétrable. Nous entrons dans un nouvel univers en cédant en partie le contrôle sur notre destin.

Va-t-on pouvoir réinsérer l'homme dans sa propre équation ? On est si pressés de replacer, d'écarter, d'éliminer l'humain dans la course aux profits. On est même prêts à signer son extinction. On le désire tous. La singularité technologique, l'explosion de l'intelligence artificielle, l'emballement de cette expansion aux conséquences imprévisibles, tout ça tombe aux oubliettes à cause de la possibilité d'éradiquer des maladies et sauver des vies. Et c'est magnifique. On peut améliorer le monde et nos conditions de vie, on a la capacité de tout corriger, absolument tout, en utilisant la technologie pour réparer l'humanité et la planète. Mais, curieusement, on ferme déjà la porte à ce progrès que nous avons nous-mêmes créé et qui pourrait nous aider à contrôler la pollution, distribuer de l'eau partout sur la planète, trouver le moyen pour que chacun mange à sa faim. Pourquoi ?

Les gouvernements ne savent pas encore quoi décider. Est-ce le chemin à prendre ? Et est-ce qu'on peut ne pas le prendre ? A-t-on encore le choix ? Les Chinois l'ont déjà pris. Les multinationales privées l'ont pris. Les gouvernements n'ont pas le choix. L'humanité y va, mais comment ? Et où va-t-on ? Quel est le prix à payer ? Le premier à s'être lancé dans la course à l'intelligence artificielle décide pour tous. C'est pour ça que je m'y intéresse, parce qu'accompagner l'informatique quantique de réflexions solides quant à ce que nous fabriquons peut faire une grande différence. On ne peut pas l'arrêter ni faire marche arrière. Poser des questions constructives me semble fondamental. Pourquoi inventons-nous notre fin ? Préparons-nous un nouveau monde, une humanité augmentée ? Quand on voit comment on a traité ce que la nature nous a donné, la planète et la végétation et les animaux, c'est peut-être une bonne chose. Peut-on aimer l'humanité telle qu'elle est ? Difficilement. Et pourquoi vouloir sauver une humanité pourrie ? Pourquoi ne pas nous laisser crever ? La réponse ? Parce qu'on s'en fiche de ce que devient la planète si l'on n'est pas là. Si l'on n'est pas là, on ne verra pas la planète. Elle a besoin de nous pour exister, parce que nous, on la voit et on la pense.

Il dit qu'il a beaucoup écrit sur ces sujets, sur les conséquences possibles mais aussi comment faire autrement pour ne pas en être une victime. Il a d'ailleurs rendez-vous avec un éditeur qui s'intéresse de très près à ses écrits. Ses étudiants sont très sensibles à ces questions-là. Ils savent qu'ils disposent d'un réel pouvoir, celui de ne pas cliquer, de ne pas allumer son téléphone ou de ne pas partager sa vie privée et donc ses data personnelles sur les réseaux sociaux. Ils savent qu'un boycott massif suffirait pour partager autrement le pouvoir. Savoir dire non. Pas d'avion qui vole, pas de voiture qui roule, pas de climatisation qui ronronne, pas de musique, pas de télévision, pas d'achat ni en supermarché ni sur Internet. Ils savent que le jour viendra où communiquer sans technologie pourra s'avérer essentiel. Un message écrit sur un mur se donne à qui le regarde, de la même manière pour tous, tandis qu'un message écrit sur les réseaux sociaux est beaucoup plus volatil, il est adapté à l'interlocuteur. Le partage de l'information n'est pas équivalent à partager de l'information. Mais qui sait dire non ? Dire non, c'est la négative attitude, c'est considéré offensif et blessant et controversif. Ça ne m'étonnerait pas que mes étudiants se préparent à un nouveau genre de contre-pouvoir.

Il ferme les yeux et je reste appuyée sur un coude, à l'observer.

Avant de partir, je me penche sur son épaule. Est-ce que je peux voir tes manuscrits ? Je voudrais les lire…

6.

Les fantômes ne chassent ni les mouches ni la pierre de vision

Revenir à Los Angeles m'émeut à chaque fois. Les sonorités, les parfums. J'aime cette ville, intensément. Cabossée, insolite et illogique et instable et délirante, il n'y a aucune autre ville comme elle sur Terre. Misérable et grandiose, elle crée l'apocalypse à la même vitesse qu'elle invite Dieu à sa table.

En arrivant dans le hall de Vision Technologies, je sens aussitôt une ambiance étrange. Les codeurs essentiels, ceux qui travaillent encore sur place, discutent en groupes restreints. Masqués, ils maintiennent une distance barrière. Des agents de sécurité sont postés à intervalles réguliers contre les murs, impassibles. Ils nous observent, ou plutôt nous surveillent. L'atmosphère est écrasante. Inquiets et méfiants, les codeurs regardent dans toutes les directions. Les médias ne parlent plus que de ce virus et tout est désormais synonyme de danger. Je fais signe à certains. J'entends quelqu'un dire qu'à l'évidence la boîte fermera. Depuis le début, la direction a pris la grippe au sérieux et les chiffres montrent clairement qu'elle circule férocement. Ce n'est pas une grippe, intervient quelqu'un. Un autre ajoute que c'est incroyable qu'ils aient des masques alors qu'on n'en trouve nulle part.

Comme si la direction s'attendait à l'arrivée du virus... Les gouvernements partout sur la planète ont annoncé que le masque était inutile, dit une jeune femme. Quelle arnaque, quand même. Ils masquent la pénurie, dit un petit malin que je ne vois pas.

Me frictionnant les mains au gel, je m'oriente vers l'espace détente pour me servir un thé. Je m'accoude à la table de bar devant le comptoir. Ils ne sont pas nombreux dans le hall et pourtant un murmure indistinct, presque fantôme, hante les locaux quasi vides.

Un codeur portant des lunettes de protection et des gants en latex vient à ma rencontre. Je reconnais Lin. Il travaille quotidiennement sur les algorithmes. Il établit le processus qui permettra de résoudre un problème ou d'obtenir un résultat à partir de données brutes. Il occupe une position particulièrement sensible. Afin d'en déduire des profils de consommateurs, il se sert des critères de sélection extraits des données adoptées. Le résultat sera plus ou moins biaisé et discriminatoire. On considère l'algorithme comme objectif, seulement les informations inscrites dans les codes sont choisies et triées. Anonyme, non signé, l'algorithme est construit avec les préjugés, les priorités, les haines et les amours et les objectifs du codeur, ou du donneur d'ordres. Mon oncle, pourrait-il obtenir un crédit ? Ma fille, présente-t-elle le profil adéquat pour un emploi ? Est-ce que l'algorithme permettra à mon meilleur ami de louer l'appartement de ses rêves ? L'algorithme peut évincer un candidat à une affectation, un dossier de demande d'emprunt. Et quels sont les recours dont dispose la personne ciblée ? Qui peut expliquer pourquoi la personne est ciblée ? Quels sont les critères ? Personne ne le sait. L'algorithme est une boîte noire, anonyme et surtout secret. Il est inaccessible. Le visage du codeur est lisse, sans expression. Il est très jeune. Sait-il que ses préférences touchent les peuples d'un bout du monde à l'autre ? Est-ce que ça le préoccupe ? De quoi a-t-il peur ? Qu'aime-t-il faire ? Qu'espère-t-il ? Qu'a-t-il vécu ? A-t-il une conscience ? Des codeurs, il y en a des milliers et bientôt, des millions. Ce sont les ouvriers de la technologie, les mains qui assemblent les modèles. Des gens qui se croient irremplaçables mais qui ne durent que quelques années avant de se faire définitivement remplacer par un autre jeune au visage lisse. Ils acceptent de jouer le jeu. Faisons un max de fric en un temps minimum. Les yeux du codeur me sondent, plus curieux que complices. Il me sourit automatiquement parce que ça se fait, il faut exprimer une attitude positive.

Lin s'arrête souvent devant mes ébauches. Nous sommes tous impatients de voir le portrait, dit-il à chaque fois.

Il éloigne d'un mètre le tabouret de bar en face du mien et s'assoit. Son masque arbore des mini-ordinateurs qui flottent sur un fond de ciel bleu. Je me demande s'il arrive à lire ce qui se trame dans mon imaginaire. Il me paraît si imperméable. Si sûr de lui. S'intéresse-t-il à ce qui se passe dans le cerveau de quelqu'un d'autre que lui ? Il ne bouge pas. Pas un mouvement ne trahit une impatience ou un agacement ou un intérêt pour ma personne.

Ce doit être intense de peindre une personnalité aussi puissante que Palantir, fait-il, la voix étouffée. Les dialogues se réduisent depuis qu'on porte tous des masques. Vivre emmuré derrière un masque et envisager l'autre comme un étranger et une arme potentielle est oppressant. Je hoche la tête. En effet. Palantir est complexe.

Même un peu effrayant. De son doigt, Lin dessine des formes autour de son verre sur la table. On se dit qu'il pourrait être vraiment malveillant s'il le décidait. Quelque chose dans les yeux… Lin cesse de parler en se rappelant les caméras.

Un peu plus loin, un agent de sécurité nous observe. L'entreprise dispose de beaucoup de data, donc de beaucoup de secrets, notamment des secret-défense. Je me demande ce qu'ils savent sur Palantir…

Je mesure mes paroles, m'assure qu'on ne peut rien utiliser contre moi. Je sais bien que je me réfrène et je m'en veux mais je ne peux pas me permettre de perdre ma liberté.

Je dis. Ça peut l'arranger d'être considéré comme un méchant au besoin. J'évite de fixer les caméras pour qu'on ne pense pas que je me suis censurée. Je m'oblige à un sourire qui plisse mes yeux, pour qu'on voie au-dessus du masque que je souris.

Ça rapporte de faire un portrait ? Lin n'a jamais beaucoup parlé. Décidément le virus a influé sur les comportements. Je le dévisage quelques instants, surprise. Oui, ça peut. Ça dépend de qui est le portrait. Hélas, je ne peux pas vous révéler à combien le tableau revient. Il appartient à Palantir de le dire.

Je bois un peu du thé glacé qui manque de sucre. Puis j'ose ma question.

Les gens ont l'air plutôt anxieux. Ils regardent par-dessus leur épaule… L'ambiance est plus angoissante que d'habitude…

De mes doigts, je triture la ficelle de mon sachet de thé d'un geste aussi nonchalant que possible pour qu'il ne pense pas que j'accorde de l'importance à sa réponse.

Un petit bip sur son téléphone l'interrompt. Je dois y aller, fait-il.

Je tourne la tête et contemple les pins et les lauriers de l'autre côté des baies vitrées. Le soleil enflamme les gratte-ciel qui scintillent en écho.

La porte du bureau de Palantir s'ouvre et trois personnes en sortent, leur ordinateur portable sous le bras et leur smartphone devant le visage pour s'entretenir en visio. Les murs se désopacifient. L'un d'eux remet son masque qui pend à l'oreille.

Palantir, lui, observe son portrait en cours, pendant qu'il parle au téléphone. Il ne porte pas de masque.

Je me lève à moitié, décidée à le rejoindre devant le tableau mais je me laisse choir sur mon tabouret de bar. Je me sens épuisée à l'idée de converser avec lui. Cette subtile lutte de pouvoir qu'il a instaurée entre nous depuis le début me fatigue et je ne sais jamais sur quel pied danser. Il est maître en manipulation, incontestablement. Afin d'avoir mes mains occupées, je saisis mon téléphone et jette un coup d'œil sur mes messages, tout en le surveillant. J'entends sa voix, plus aiguë que d'habitude. Il m'a vue.

Forcée d'aller à lui, je descends une jambe du tabouret et gagne lentement le bureau. Le tissu du masque obstrue mon nez. Je respire plus lourdement. J'étouffe. Il me faut de l'air.

Tu peux enlever ton masque, me dit Palantir. Le bureau dispose de la technique des avions. L'air se renouvelle toutes les deux secondes. Tu ne crains rien ici.

7.

Les grenouilles votent quand c'est le clair de lune mais ne savent pas s'il faut porter des lunettes de soleil ou un chapeau de paille

Je m'arrête à deux mètres de lui. Pour rien au monde je ne m'approcherais davantage. Arrogant, les yeux durs, il me jauge. Pour peindre un portrait, je plonge dans les profondeurs du sujet et ne sais jamais si je suis en moi ou en lui. La ligne de faille est confuse. À force de me concentrer sur lui, j'ai le sentiment de le comprendre au point de devenir lui et pourtant, il demeure opaque, étranger, à penser. C'est à peu près le discours dont je me sers pour parler de mes portraits, histoire de ne pas mentir plus que nécessaire. Je déteste fabuler quant à mon travail mais les clients sont avides d'anecdotes sur la vie d'artiste. Avant de m'engager, je me pose toujours la même question. Puis-je faire le portrait de quelqu'un que d'instinct j'exècre et ne pas devenir lui ?

Une violence qui me frappe chaque fois que je le vois émane de sa peau.

Le portrait n'est pas fini.

Sa voix est neutre. Il m'en veut mais essaie de le cacher. M'affronter reviendrait à dire que ça ne dépend pas de lui. Dans ma tête, je me rebiffe, lui dis qu'il fait bien de ne pas s'aventurer sur ce terrain mais en réalité j'évite le conflit.

Pourtant je suis tout à fait capable d'annuler le contrat. Il le sait et il m'observe pour sonder mon humeur. Si je n'ai pas les moyens d'exercer un ascendant sur lui, je peux en revanche le menacer à travers le portrait et je ne m'en abstiens pas malgré les signaux d'avertissement que m'envoie mon cerveau. Il doit me haïr pour ça.

De la même manière dont je m'immerge dans les lieux où mon sujet habite, je m'immerge dans la personne dont je fais le portrait. J'étudie sa vie professionnelle et privée. Ce n'est pas pour la contrôler mais pour faire ressortir son essence. Je me fonds en elle pour ressentir et voir le monde à travers lui. Avec Palantir, c'est compliqué. Il m'a clairement spécifié qu'il préfère que je me concentre sur lui en me basant sur son parcours professionnel.

Je suis la somme de ma vie professionnelle, m'a-t-il indiqué. Je ne peux être compris personnellement qu'à partir de mon travail qui est, depuis toujours, ma façon de réaliser mes rêves, mon art. L'essentiel de mon être ne se lit pas dans mes histoires amoureuses ou mon ex-mariage mais dans mes créations. Ma vision incarne parfaitement qui je suis. Je n'existe pas en dehors de cela.

La toile tendue sur un cadre en aluminium est posée sur un chevalet en bois. J'ai utilisé l'Œuf de merle bleu hex triplet #00CCCC pour ses yeux, avec un soupçon de Ciel bleu hex triplet #80DAEB mais je ne suis pas encore satisfaite. Le portrait prend du temps. C'est un temps qui ne se voit pas, qu'il ne se représente pas, un travail en progrès qui reste invisible, qu'il faut connaître pour le visualiser et lui, il ne sait pas lire l'art. Il tourne autour du tableau comme un lion affamé tournerait autour d'un gibier. Il ne supporte pas d'être dépourvu de contrôle dessus.

Pourquoi est-ce si long ? À cause de la multiplication des visages ?

Je dois en apprendre davantage sur vous avant d'entrer dans le noyau.

Noyau, hein ?

Oui, exactement, je répète, noyau.

Il ne me demande pas ce que je veux dire par là. Heureusement. Je n'en ai aucune idée.

Il développe une haine à mon sujet, je le vois bien et pourtant il ne dénonce pas notre contrat. Ce n'est pas le portrait en soi qui l'intéresse mais une pièce signée de ma main. Il veut ma signature. Il me veut, moi.

J'avais hésité avant d'accepter le contrat. La plupart de ceux dont j'ai fait le portrait étaient, à défaut d'être honnêtes, gentils. Bill Gates avait commencé très discrètement comme programmeur puis un jour il s'est trouvé à la table des ultra-riches. Il doit en avoir gros sur la conscience mais ça n'annule en rien ses premiers pas. Un clin d'œil et il avait tout.

Palantir est pourri. Mais faut-il apprécier quelqu'un pour faire son portrait ? Être d'accord avec ses idées fondamentales ?

Au début de ma carrière, j'avais des scrupules moraux et je refusais des propositions. Aujourd'hui je suis davantage fascinée par les gens qui font des choses que moi, je ne ferai jamais. Attirée par le mal et par la décadence, je l'étudie. J'y consacre beaucoup de temps. Le mal est ce qu'il est. Par contre, je me demande si le bien ne se métamorphose pas en un mal terriblement difficile à décrypter, et de ce fait dangereux. Le bien devient oppressif, carcéral, limitatif, autoritaire. Pour avancer vers une société plus viable, peut-être faut-il penser le mal, accepter cette part en nous qui doit être maîtrisée mais pas éradiquée, comme une nécessité. Occulter le mal altère le bien. Une population a besoin de sa part de mal pour maintenir un équilibre. Depuis que la société élimine la violence verbale, de nouveaux services prospèrent et les gens se précipitent vers les chambres de la colère et du défoulement, où ils payent pour détruire.

Debout devant le portrait, il me dévisage. Je ne sais pas quoi lui dire. Il sait qu'il voue la majorité de l'humanité à la misère et à la paupérisation en s'acharnant sur sa vision du monde mais ça ne le gêne pas. J'aurais pu dire que c'est politique mais il est plutôt question de vision du monde et d'une certaine manière d'idéologie. Autour de lui l'air semble glacé, congelé… Comment peut-il être aussi froid… En homme qui se veut physiquement invisible, il est poli, discret, le genre qu'on ne remarque pas. Il s'habille toujours en tee-shirt et jean comme la plupart des gens de la Silicon Valley.

Il s'assied sur la bordure de son bureau. À côté, son ordinateur ouvert. Il met au défi ma curiosité. Difficile de ne pas regarder l'écran.

Le noyau, tu dis ? Tu mets beaucoup de temps pour finir le portrait. C'était aussi long pour les autres ? Il joue avec un trombone.

Ses yeux bleu pâle me font presque mal. Il me tutoie, comme si le fait d'avoir établi un contrat faisait de moi sa chose. Moi, je m'en tiens au vouvoiement. Je ne suis pas sa chose.

Je lui dis que ça dépend de la complexité du modèle, comment je me connecte au référent. Comment le modèle se donne à moi, ou non. Puis chaque portrait a sa singularité. Le sien est complexe, dû aux expressions et aux couleurs.

Tu me considères comme un sujet complexe…

Presque amusé, ou peut-être satisfait, il se lève et se met devant le tableau. Sa main, qui pend le long de son corps, se crispe et se détend par saccades. Les os jaillissent sous la peau. Des expressions contrastées passent sur son visage.

Pourquoi voulez-vous un portrait de moi ? Vous êtes connu pour penser hors sentier. Pourtant, là, vous imitez les autres. Il suffit que vos algorithmes d'intelligence artificielle analysent mes portraits. Avec une bonne base de données, ce serait un fac-similé de ce que j'aurais pu faire, peut-être même mieux. Le résultat serait parfait. Le travail serait plus rapide et moins cher et conforme à vos désirs. En prime, vous n'auriez pas à me voir tous les jours.

Quelque chose a changé dans ses yeux, comme un surcroît de méchanceté. Il prend un temps de réflexion.

Ton rendu m'intéresse. Ton résultat final. La complétude. Ce que tu feras avec ce que tu ne comprends pas. Tu es connue pour ta perspicacité psychologique. Il paraît que tu perçois des choses qui échappent à tout le monde, y compris aux psychologues et aux profileurs. Deux de mes amis étaient embarrassés en voyant leur portrait. Ils avaient l'impression que leurs secrets étaient exposés sur la place publique. L'un des deux a fini par enfermer le sien à clef. Il refuse toujours que ses amis le voient et se fassent des idées. Tu n'es pas plus forte qu'un algorithme. Cette idée qu'ont les êtres de leur supériorité et dont tu es une espèce de symbole avec tes portraits qui divulguent les secrets les mieux gardés et les plus intimes est très exagérée. D'ailleurs, tu te dévoiles autant que tu dévoiles tes sujets. Les artistes, tous genres confondus, posent depuis l'aube de l'humanité un problème au système. Ils incitent à la désobéissance civile. Que la désobéissance civile soit l'essence de l'art me pose un problème. Les artistes sont hors contrôle. Les tentatives de réformes profondes échouent souvent à cause d'eux. Je ne sais pas pourquoi les gens y attachent tellement d'importance. On donne aux artistes plus que de droit, en définitive. Si seulement il y avait du renouvellement en art mais ce n'est pas le cas. Peut-être est-ce nostalgique. Ou parce qu'on désire penser qu'il y a des êtres toujours prêts à aller sur le front pour dénoncer une injustice. Des êtres désintéressés. Des héros. Que certains soient dotés d'un esprit critique quoi qu'il arrive représente une planche de salut. Mais ce sont des conneries, des théories dépassées depuis longtemps. Une marge réelle à la société n'est plus possible. La seule possibilité consiste à penser différemment à l'intérieur du système. Donc je t'observe pendant que tu collectes les données numériques à ta manière, comment tu tries, classifies, interprètes les informations. Tu te crois différente et tu en tires une fierté mais tu fais comme nous. Et ne te trompe pas, tu es aussi indiscrète que n'importe quel chasseur de données numériques. Toi non plus tu ne respectes pas la vie intime de tes sujets. Tu n'es pas différente. Et tu rentabilises pareillement ton travail. Ta réussite ne vaut pas la mienne, c'est tout. Tu es une ratée parce que tu es antidatée.

Quand j'étais arrivée dans les bureaux de Palantir, j'y voyais une mine pour observer l'humanité qui se prépare. Palantir me dit que moi aussi, je consacre ma vie à accumuler des données et il a raison. Je fais exactement comme lui, j'observe mes interlocuteurs. Notre espace commun devient un laboratoire d'expérimentation et je récolte autant d'informations que lui. Je ne peux pas nier que je suis troublée. Si

Palantir et moi partageons le même comportement, qu'est-ce qui nous différencie ? Suis-je comme lui ?

Il se dirige vers la baie vitrée mais il ne regarde pas dehors, il se retourne et il me vise de son index en faisant semblant de me tirer dessus. Ça l'amuse, il sourit.

Je te préviens, je n'aime pas perdre la face. Je déteste qu'on me démontre que je me trompe. Je ne me trompe jamais et j'entends que tu sois celle qui prouve que j'ai raison. Sache que j'écrase toujours mes adversaires.

En l'écoutant, je cherche une observation intelligente pour lui montrer que je n'ai pas peur de ses menaces. En réalité, j'ai peur. Il a indiscutablement les moyens de les mettre en pratique. Je décide de les prendre à la légère. Et comment m'écraseriez-vous ?

J'ai ma méthode. Tu ne veux pas savoir.

Je détourne les yeux. Le regarder me fait presque mal. Puis je ne sais pas quoi dire. Je ne veux surtout pas lui donner des informations. Déjà il en a trop… Il a raison, quand je fais un portrait, je me dévoile…

8.

L'éléphant qui perd son parapluie n'est pas un ignorant

Tu consulteras ton avocat demain.

Le gardien dévisage le détenu. Le désarroi de son prisonnier lui fait un drôle d'effet. Une excitation, peut-être…

Le prisonnier se mord la joue pour ne pas poser de question. Le gardien ne doit pas découvrir à quel point il doute. Ça lui donnerait l'avantage et il en profiterait pour l'embarquer dans son jeu pervers de fausses promesses, aussi crédibles que possible, pour qu'il se balance entre une attente vive et la déception. Il a un arrière-goût métallique dans la bouche. Il s'est tailladé la joue.

Est-ce que son avocat viendra réellement demain ? Parce que le gardien le répète tout le temps mais il ne l'a toujours pas vu.

Il contracte les mâchoires et plisse le front. Il faut éviter l'empoignade. Le gardien gagnerait obligatoirement. Provoquer un conflit représenterait un risque inutile. Et procurerait du plaisir au gardien. Son sourire est malsain. Occasionner la confusion et l'incertitude le fait jouir, ou du moins bander. En examinant ses chaussures pour ne pas le regarder, le prisonnier murmure qu'il a droit à un avocat. Il n'a jamais su se taire. Son intransigeance lui pose constamment problème, surtout quand son sens inné de l'humour et de l'ironie perce dans ses mots. Un de ses amis, exaspéré par ses bourdes continuelles, l'avait supplié. Apprends à négocier, à séduire. Il avait répondu qu'il n'était ni avocat ni politicien. Faire des compromis n'était ni une méthode ni une astuce. Ces jours-ci il pense fréquemment à ce que lui disait cet ami. S'il savait à quel point il s'obligeait à une forme d'armistice, il lui conseillerait probablement de ne pas trop en faire.

Le prisonnier entend la clef dans la serrure et recule de quelques pas, jusqu'au mur. Il ne peut pas reculer davantage. Le mur représente la limite de son univers. Il effectue un état des lieux des recoins de la cellule. Il évite de dire *sa* cellule. Le lit représente la seule cachette possible. Il regarde en direction de la fenêtre. Son carré de liberté est inaccessible. Ils l'ont fait exprès, lui faire naître l'envie de regarder dehors sans pouvoir y arriver. Il se campe bien sur ses pieds, se prépare mentalement à recevoir des coups. La sueur lui coule dans le dos et mouille sa tunique. Il essaie de ne jamais transpirer, pour ne pas la salir. Il n'a pas souvent accès à la douche et il tient à rester propre. C'est une question de dignité. Il se demande si c'était prévu comme ça, ou si le gardien fait du zèle. La douleur des autres lui procure sans doute du plaisir. Peut-être qu'il aime frapper.

Le gardien était entré dans la cellule un jour et avait commencé à le cogner.

Il profère régulièrement des menaces et parfois il les exécute. Il n'a pas encore tenté le viol mais ça ne tardera pas. Il le voit dans ses yeux. Le prisonnier se dit qu'il l'éliminera ce jour-là, qu'il n'aura pas d'autre option. Il frissonne. Il avait causé la mort de quelqu'un il y a des années et il ne s'est toujours pas pardonné. Tuer quelqu'un, c'est aussi tuer sa propre vie. Il avait réagi dans une situation extrême. S'il avait su à quel point ça l'affecterait, il aurait fait en sorte de ne jamais se trouver dans une telle situation, où il n'avait pas eu le choix. Quand il est question de vie ou de mort, sauver sa vie s'impose comme un instinct. S'il n'entrevoit pas d'autre possibilité, il fera ce qu'il faut. En attendant, il évite de se trouver dans une position où son instinct ferait surface. Le fait de ne pas avoir le choix ne justifie pas nécessairement l'acte. Il s'interroge à ce sujet depuis longtemps et ça le tue. Il serait prêt à aller aux extrêmes pour ne plus avoir à se poser cette question. Mais il n'a pas eu d'alternative. Les jours de doute, il se demande si c'est à cause de son passé.

La petite porte du judas s'ouvre. Il discerne la voix du gardien.

Tu as préparé ton questionnaire ?

Le gardien déverrouille la porte et se profile dans le cadre, jouant avec son tonfa. Il le fixe de ce regard que le prisonnier redoute, une perversité, en somme. Il pourrait s'attarder sur les détails mais les détails ne transforment en rien le présent. Il recule d'un pas mais ça ne modifie pas l'espace. Le mur ne cède jamais, il a inévitablement le dos au mur. Il se prépare à bondir.

Tu ne peux pas t'échapper, tu le sais. Alors, pourquoi tu recules, hein ?

Le gardien avance vers lui, lentement. Il n'est pas pressé. Il n'est jamais pressé. Le prisonnier tend l'oreille dans l'espoir de distinguer d'autres voix plus loin mais seul le silence lui répond. Il déteste ce silence de l'enfermement, un trou noir sans issue, un microcosme clos où rien ne peut entrer ni sortir. Un son représente une présence. Le son lui manque. Les bavardages des gens, les cris, les rires du quotidien. Le gardien s'arrête devant lui. Il se redresse. Le gardien est plus gros, plus gras mais sinon ils ont pratiquement la même taille. Le gardien sent la viande et la bière, probablement le résultat d'une mauvaise hygiène de vie. Le prisonnier ne bouge pas et regarde droit devant lui, sans que son regard croise celui du gardien.

Qu'est-ce que tu veux savoir ?

L'haleine du gardien empeste. Le prisonnier lutte pour garder son calme.

Est-ce vraiment vrai ? il fait, en baissant le ton, faisant profil bas.

Parle plus fort.

Le prisonnier hausse la voix, en articulant. Est-ce que l'avocat vient réellement demain ?

Tu sais que tu me fais chier avec tes questions ?

Le prisonnier évite de fixer le gardien. Les coups ne vont pas tarder. Ils sont toujours à l'heure, ceux-là. Il hait le gardien parce que c'est un sale type. Motherfucker.

Quoi ?

La main du gardien lui tombe subitement sur l'épaule. De l'autre, il tient le pistolet. Le prisonnier songe que ça n'ira peut-être pas plus loin. Quand les horions s'abattent sur lui, massifs et denses, il vacille sur ses jambes et recule et prend appui sur le mur. La cellule est exiguë, trop étroite et le gardien le cogne à nouveau, cette fois-ci dans le ventre. Le prisonnier perçoit un craquement dans le dos avant d'éprouver la douleur. Il s'affaisse contre le mur. Ça suffit, mon salaud. Il le pense très fort et pourtant il ne dit rien, pas un son n'émerge de sa douleur. Il vaut mieux que le gardien soit persuadé d'avoir le dessus. Pointant le pistolet sur la tête de son prisonnier, le gardien se penche sur lui. Le prisonnier sent la respiration saccadée du gardien dans son oreille. Quand le gardien le relève par le bras, le prisonnier laisse échapper un cri étouffé. Le nez du gardien touche presque le sien. Dieu, quelle puanteur !

Tu fais chier avec tes questions. Tu n'as pas à en poser. Ferme ta gueule. C'est tout.

Le prisonnier se demande s'il parle comme ça à tous les prisonniers. Le personnel pénitentiaire doit observer certaines règles. Il sait qu'il aurait dû dire oui. Quelque chose le retient de dire quoi que ce soit. Le gardien transpire davantage, des gouttes de sueur perlent sur son front. Il n'est pas en bon état physique. Il mémorise et classe ce renseignement avec ce qu'il sait déjà sur le gardien. Faute d'avoir des armes, le prisonnier accumule des faits. Des data. Des informations utiles. Le gardien dit fuck you et pousse le prisonnier brutalement contre le mur qui donne sur l'extérieur et contre lequel il s'écrase à nouveau. Il y a quatre murs en tout, il ne manque plus qu'un mur contre lequel s'aplatir. Le prisonnier se laisse glisser jusqu'à être allongé sur le sol. Sans regarder directement le gardien, il lui dit qu'il n'a pas d'habilitation lui permettant de le molester et le gardien rétorque qu'il est investi de tous les droits et parce qu'il a osé lui parler, il n'aura pas de plateau-repas pendant deux jours. Le gardien lui assène deux coups de pied et l'observe se plier de douleur. Avant de quitter la cellule, il se retourne et avec un rictus mauvais, il crache sur le prisonnier. Salope, dit le gardien en fermant la porte. Soulagé d'entendre la clef grincer dans la serrure, le prisonnier se remet lentement debout. Il a mal partout mais il frappe le mur de toutes ses forces. Il faut toujours répondre en cas d'agression, même après coup, pour regagner sa propre dignité.

Deux jours s'écoulent sans qu'il mange. Assis pour économiser son énergie, il lui reste ses pensées et sa vitalité. Son désir de vivre. Il peut étudier le moyen de sortir d'ici, il peut rêver, voyager, imaginer être ailleurs. Il a des images en tête, il peut survivre à n'importe quoi, il suffit de vraiment le vouloir. Ils ne l'auront pas. Il écoute une goutte qui tombe et qui ne cesse de tomber. Pas la même, bien sûr. Quoique. Les gouttes s'écoulent à intervalles longs mais réguliers, presque. Parfois une goutte désobéit et tarde à lâcher prise et il se dit qu'il pourrait devenir fou.

Ce n'est pas la première fois que le gardien lui fait ça. Il lui dit souvent que son avocat viendra demain mais il ne l'a jamais vu, pas une seule fois. Lorsqu'on l'avait enfermé, on lui avait déclaré que son heure viendrait mais il n'a toujours pas vu d'avocat alors il aimerait bien savoir ce qu'ils entendent par *son heure viendra*. Est-ce pour qu'il continue à espérer et donc à souffrir que rien ne se passe ? Pour s'assurer qu'il n'abandonne pas ? Peut-être qu'ils testent une forme inédite de torture. Émoustiller son espoir pour le réduire, en s'assurant que l'espoir résiste juste assez pour qu'il souffre de l'attente. Quand il n'y a plus d'espérance, il n'y a plus que de l'indifférence mais aussi une zone de non-douleur. Il serait hors d'atteinte. Mais il n'a pas encore perdu son optimisme. Il ne pense qu'à ça, sortir, retrouver sa liberté. Et elle. Pendant ses premiers jours d'incarcération, il avait sollicité un entretien avec le directeur mais cela lui avait été refusé. Depuis on le frappe. Depuis il élabore des déductions qu'il tourne et tourne encore dans sa tête. Et des coups. Et maintenant son journal.

J'espère que tu vas bien. Ça me rendrait heureux d'avoir de tes nouvelles. Tu me fais encore confiance, n'est-ce pas ? Je n'ai pas disparu. Je n'ai pas cessé de t'aimer. C'est qu'on m'a mis en prison. Enfin, je crois que c'est une prison. En réalité je n'en sais rien. La seule chose dont je peux être sûr, c'est que c'est une petite cellule et que je ne peux pas sortir.

On ne s'est pas reparlé de nous et je le regrette. Je ne cesse de penser à notre dispute. J'aurais dû accepter qu'on discute avant ton départ. Tu sentais que quelque chose allait arriver. J'aurais dû écouter ton intuition. Et maintenant je suis enfermé, prisonnier et entre nous, des murs.

J'espère que tu m'entends par-delà la réalité.

Ils m'annoncent tous les jours que l'avocat va venir mais il ne vient jamais. Je ne sais pas exactement depuis combien de temps je suis emprisonné ni pourquoi on me retient. Quand je requiers des explications aux gardiens, ils disent qu'ils ont d'autres chats à fouetter. Ne crois pas que j'aie fait quelque chose de mal. Ce n'est pas le cas. Je n'ai aucune idée de pourquoi on m'a enfermé. On ne m'a rien expliqué. Je pensais au début que c'était une erreur judiciaire, qu'on me prenait pour quelqu'un d'autre mais ce n'est pas le cas.

Le gardien m'a dit que je ne pouvais pas sortir en même temps que les autres dans la cour, que je représentais une menace pour mon environnement. C'est là que j'ai su. C'est bien moi qu'on voulait emprisonner. Jusque-là, je pensais que c'était une méprise et que mon avocat allait mettre les choses au point. Mais ce n'en est pas une, c'est moi qui suis visé. Peut-être est-ce une erreur d'algorithme ? Je ne suis pas important. Mais ai-je gêné quelqu'un sans le savoir ?

On ne me dit rien, je ne sais pas pourquoi je suis là, quelles sont les charges, quels sont mes droits. Peut-être suis-je à Guantánamo. Mais ça voudrait dire que je suis considéré comme un terroriste. Il faut beaucoup gêner quelqu'un pour finir comme ça, en prison. Si c'est une prison. À Guantánamo, il y a d'autres prisonniers. Ici, je ne sais pas. Je ne suis même pas sûr que ce soit une prison. Je n'ai affaire qu'à deux gardiens qui me gardent à tour de rôle mais ce n'est peut-être pas une prison.

Je sais qu'il existe une cour intérieure puisqu'on m'y fait parfois sortir. Si seulement je savais pourquoi je suis là, pour que je puisse commencer à construire ma défense. J'aurai forcément un procès à un moment ou à un autre. Je veux dire qu'ils n'ont pas le droit de me garder comme ça. C'est illégal.

Vivre en dehors du mainstream est compliqué, c'est une marge en voie de disparition. C'est comme ça qu'on nomme l'opinion publique maintenant. Le mainstream. Il n'est plus question d'opinion. Il s'agit de suivre l'opinion, juste la suivre. À une époque on disait marcher avec les moutons. Il devient difficile de s'en écarter. Crois-tu qu'on m'a enfermé parce que je me suis écarté du mainstream ? Je sais bien que je suscite un certain rejet de la part de ma hiérarchie et surtout des géants de la Tech mais c'est grave si l'on ne peut plus être en désaccord. Penser contre, penser hors format n'est plus seulement une affaire d'esprit critique, c'est une affaire de sécurité d'État.

Est-ce pour ça qu'on m'a enfermé, parce que je pense et m'interroge ? Dès qu'une question critique se pose, on la nomme Théorie conspirationniste, ou complot. Pourtant une restructuration de la société semble se mettre en place, sans que les gens aient leur mot à dire. En parler, est-ce participer à la théorie du complot ? Je sais que je pose des questions mais je n'avais pas l'impression qu'on m'entendait.

L'État ne veut sans doute plus prendre de risque, considérant que toute voix discordante est un danger potentiel pour la communauté. Le mainstream fluctue suffisamment pour donner une idée de changement, de mouvement, assez pour satisfaire les esprits rebelles en latence. Tout ce qui compte, c'est le grand ensemble, sauf en ce qui concerne l'argent. Luna dit que le principe de précaution est l'arme avec laquelle on anéantira le monde. Elle a raison. Pour les autorités, le vrai profil du terroriste, c'est celui qui ose penser à contre-courant. Ou qui pense contre le principe de précaution. Qui, d'ailleurs, a muté en principe de sécurité. Mais c'est aussi l'un des arguments dont se servent les conspirationnistes pour prouver le bien-fondé de leurs théories. Et comment fait-on la différence entre une critique et une théorie de complot ? Dans les deux cas, les arguments manquent cruellement.

Il faut savoir être en déduction, ce qui est triste.

J'ai besoin de toi. Tu as dû remarquer que je ne suis plus là. J'espère que tu ne penses pas que je suis passé à autre chose.

9.

Soudain, les racines du ciel disparurent

À Los Angeles, j'habite un abri de jardin. Il se trouve sur la terrasse d'une maison à Mount Washington, près de Highland Park. Je l'avais loué la première fois parce que je n'avais pas le choix. La seconde fois parce que je voulais vraiment être là et pas ailleurs. La maison dispose de deux chambres à coucher. Cort, le propriétaire, loue la deuxième pour gagner un peu d'argent. Il sort tout juste d'un divorce et ressent le besoin d'avoir des gens autour de lui. J'avais réservé la deuxième pièce une fois mais les activités sexuelles très intenses de Cort m'avaient poussée à emménager dans l'abri de jardin. Depuis je le considère comme le mien. Matt, un des colocataires, m'a aidée à le transformer en espace habitable. Il avait récupéré la chambre à coucher et voulait au passage faire de mon logement une source de revenus pour lui mais heureusement Cort n'était pas de son avis. L'abri de jardin est à moi et même si j'ai peu d'espace, j'en ai suffisamment pour travailler. La terrasse où l'abri se trouve est très grande et j'en ai fait mon atelier. Je pourrais m'offrir un appartement mais j'aime être ici. Il se passe toujours quelque chose et la folie correspond à l'idée que je me fais de Los Angeles.

Je descends la colline pour prendre le métro *la gold line*. Je ne mets pas plus de dix minutes et la vue sur la vallée est magnifique. Le quartier est résidentiel, des maisons construites en bois qui se nichent entre les arbres. Ça ne prend qu'un quart d'heure pour arriver à Downtown, j'utilise donc toujours le métro, même si ce n'est pas toujours évident. Les sans-abri dorment dans les wagons pour éviter de se faire agresser durant leur sommeil.

Je longe la Plaza Olvera et tourne à gauche sur Main Street. Je change mon itinéraire presque tous les jours. Ce trajet à pied me plaît et pas un jour ne se passe sans que je voie quelque chose d'exceptionnel.

Et puis, si je devais m'expliquer, je pourrais aisément me comparer à la ville. Mon parcours est le fruit de mes choix mais mon passé ne me définit pas. Les personnes que je rencontre ont du mal à l'admettre. Ils considèrent que mon passé les aide à me comprendre, à me déchiffrer. Je ne sais pas pourquoi ils veulent absolument m'interpréter. En quoi est-ce nécessaire, au juste ? Et le mystère ?

Par quoi est-ce que tu te définis ? Mon exposé est simple. Par la peinture. Je suis une matière. Un ensemble de couleurs, une manière de les étaler sur la toile. Je n'existe pas en dehors de la peinture. Ça ne convient pas toujours. Les gens que je croise n'arrivent pas à trouver les mots adéquats quant à ce qu'ils pensent de moi. Mon identité les trouble mais ce n'est pas grave. J'aime que ma définition change en fonction des événements et qu'elle dépende de moi. Que tous les jours, à mon réveil, je sois différente. Que je me préserve un peu de mystère. Mon identité n'est pas un postulat mais tout au plus une indication.

Cela dit, l'idée épineuse de la transparence m'intrigue depuis toujours. La souveraineté de la transparence ne permet-elle pas à un système de corruption de s'exercer impunément ? D'après ce que je vois et entends, elle sert à justifier pas mal d'actions injustifiables...

Mon enfance était ce qu'elle était, une enfance. De famille aisée, je ne manquais ni de nourriture ni de toit. Ni mes pères ni mes mères ne furent victimes de complications majeures, drogue ou alcool. On ne m'a jamais frappée ni violée. En plus, je suis blanche. Dans l'ensemble, j'étais convenablement traitée et avais tout pour moi. Ma scolarité était moyenne. Je tolérais l'école parce qu'il fallait bien passer par là mais j'avais mes idées sur le sujet. Hélas, j'étais trop jeune pour être prise au sérieux.

Mon vrai problème est que je vis dans une langue à part. Ma vision du monde à travers la peinture équivaut à une langue étrangère pour ceux que je côtoie. La grammaire, la structure ou l'articulation des mots fonctionnent autrement dans ma tête et je n'arrive que rarement aux déductions des autres. Il m'a fallu du temps pour l'accepter puisque je lis le réel différemment et ça pose une barrière entre les autres et moi. Je m'y suis faite. Et aujourd'hui je me dis que c'est comme ça, à chacun sa définition.

J'ai parfois tenté de m'expliquer à ce sujet mais ça se termine infailliblement de la même manière. On me dévisage avec consternation et quand j'abandonne ma démonstration, on me sourit avec soulagement. Une fois, un ami avait eu tellement peur qu'il était parti de chez moi en courant, dévalant les escaliers. Je ne l'ai plus jamais revu. Cela dit, si mon histoire est importante, elle ne l'est pas assez pour qu'on y reste figé. Une expérience de vie change en fonction du présent.

Mon vécu, ce temps qui est définitivement derrière moi ne me définit pas. Il participe bien sûr à ce que je suis, il a aidé à me former mais il ne peut en aucun cas me cantonner à une catégorie fixe. Les traits qui me constituent, c'est tout ce que je ne suis pas encore, toutes ces possibilités qui me guettent et qui font de moi ce que je deviendrai demain, peut-être. L'avenir me détermine en tant qu'indéterminée. M'identifier en me définissant, c'est en quelque sorte fixer avec précision mes caractéristiques afin de les délimiter, dans le but d'établir ma structure conceptuelle et d'expliquer qui je suis. Me donner du sens, peut-être, voire me construire. Les mots employés dans ces cas-là sont souvent restrictifs. L'essence des mots diminue comme peau de chagrin. Le sens des mots me diminue en tant qu'être. On dit que les gens ne s'en sortent pas avec des contraintes, des choses compliquées, avec ce qui est différent d'eux. Aussi, en effaçant les possibles astreintes et en les égalisant, on simplifie tout en tuant les perspectives. Je décroche précisément là. J'aime les perspectives. Les structures permettent de les multiplier. Je suis en perspective. Tout dépend de ce que l'on voit là où l'on se trouve. À plus d'un titre je suis quantique mais si l'on sait expliquer la mécanique quantique, on ne la comprend pas nécessairement. En tout cas, dès que j'énonce *quantique*, plus personne ne me pose de questions.

Je suis un concept quantique. Ça sonne bien comme définition. Les scientifiques décident quelle théorie doit l'emporter sur les autres. Moi, je décide quelle définition l'emporte sur les autres.

Je représente ainsi un passé qui ne me définit pas. Par contre, il injecte de la valeur à ma vie parce que je me suis toujours nourrie avec mes désirs. Mon histoire m'appartient, elle est ce que j'ai fait de moi. La manière dont je me suis construite. Depuis toute petite, je peignais. J'écrivais aussi mais mes écrits produisaient un drôle d'effet sur les gens. Aujourd'hui je les garde dans mon tiroir fermé à clef et j'ai un mot de passe sur mon ordinateur. Mes écrits ne doivent être vus par personne. De toute façon, la peinture me passionne. La couleur sur mes doigts me connecte au monde, me maintient dans le réel. J'aime être une matière. Je m'invente au fil de la journée, je suis une création à l'infini. Modulable par moi-même. C'est ça, ma définition, être indéfinie. Celle qui se fait sans jamais cesser de se faire.

Est-ce que l'art a le pouvoir de changer les choses ? Ou le pouvoir de troubler assez pour qu'on se pose des questions ? J'aime penser que oui. Une caricature peut enflammer le monde autant qu'une bombe. L'art de la rue, celui qui s'infiltre illégalement sur les murs, incarne un art de contestation, un art clandestin qui se pratique hors cadre. Non officiel, accessible à tous, échappant à tout jugement professionnel, il s'offre directement aux regards des spectateurs. Les intermédiaires de la chaîne commerciale de l'art n'y ont aucune influence. L'art urbain est une plateforme sans aucune entreprise pour la gérer. Je me passionne pour cet art qui n'est pas enfermé dans les musées et les galeries, qui n'attend pas d'être nommé talent pour s'exprimer. Qui se passe d'intermédiaire. Devenir street artiste alors qu'on bénéficie d'un accès aux galeries et aux musées est doublement une contestation. L'art urbain n'est pas une faute de mieux mais un choix.

Il a raison, Palantir. Il m'a ordonné de l'étudier à partir de son métier, de son activité professionnelle. Je dois être comprise à partir de la peinture. Sans ça, je ne suis pas lisible ni intelligible, je suis tout entière dans la matière. Palantir est numérique, une série d'algorithmes, de chiffres, de codes. Il se perçoit lui-même en numérique, c'est pour lui le seul réel possible.

If graffiti changed anything it would be illegal, dit Banksy.

10.

$L = 8 + 5Y - 2P + 9\,Hm + 3Mf + J$ $- 3g - 0{,}5\,(Sm - Sf)\,2 + I + 1{,}5\,C$, l'équation de l'amour

Nous sommes dans mon abri de jardin, lui et moi.

Il prend ma main et met une bague à mon doigt. Il ne dit rien, ne me demande rien.

Le regardant dans les yeux, je lui dis. Merci de ne pas m'avoir demandé. Merci d'avoir pris ma réponse comme une évidence.

Je lui appartiens. Non pas parce qu'il m'a soumise mais parce que je l'ai choisi. Je veux lui appartenir. Comme il m'appartient. Je veux être à lui. Comme il est à moi. Je n'ai pas besoin de preuve supplémentaire. Je viens de recevoir la plus grande preuve d'amour qu'on puisse recevoir : une évidence partagée.

11.

Le lézard qui nage à contresens sait compter

Lorsque je suis avec Achille, le temps s'arrête net. Tout cesse d'exister, à part nous deux. Je ne voudrais rien changer à cela. Être à ce point-là en corrélation avec l'esprit de quelqu'un, être une extension de l'autre, est troublant. La violence des sentiments qui fusent entre nous, qui nous relient sans nous laisser le choix, la haine et la nécessité d'être aussi épris et la tension amoureuse qui nous pousse vers l'extase et l'insatisfaction de ne jamais pouvoir se posséder entièrement, est terrifiante. Un fond de rébellion contre cette emprise bouge dans mes profondeurs. Je le sens distinctement et ça me soulage. J'ai renoncé à ma liberté en la donnant à cet homme et déjà je bataille avec moi-même pour retrouver une nouvelle forme de liberté qui prendrait en compte mon choix. C'est étrange d'être aussi consciente de l'autre, de lui, de le ressentir comme un impératif, un fondamental. Rien n'a plus d'importance que de savoir à quoi il pense. Et pourtant, je dois me détacher un peu, juste ce qu'il faut pour que cet amour devienne un moteur de liberté et non pas son cercueil.

Sa voix, si près de mon oreille. Les maîtres de la Silicon Valley partagent une vision sans limites de la société, un projet dont les racines se trouvent dans la science-fiction et ils sont prêts à tout pour le réaliser tout en se battant les uns contre les autres. Ils s'imaginent démiurges. Certains ont le génie de l'argent. L'opinion publique pense généralement qu'ils n'ont aucun scrupule ni aucune conscience mais ce serait trop facile. Si c'était le cas, jamais ils n'auraient pu obtenir le pouvoir dont ils disposent aujourd'hui. Ce pouvoir leur a été offert par la population mondiale. Chaque clic sur Internet les soutient. Chaque connexion renforce leur hégémonie. Ils n'ont pas besoin de guerres ni d'armes, ils acceptent simplement ce qu'on leur donne en toute liberté. Ils ne sont ni malveillants ni ne manquent de cœur, seulement ils vivent entre eux, coupés des conséquences de leurs inventions. Ils ont créé un think tank grandeur nature et rien ne peut se concevoir en dehors de cet incubateur. Le monde au-delà de la Valley, c'est le monde des autres, le monde d'avant, un monde qui n'a plus lieu d'être, un monde du passé, clôturé et définitivement fini.

Ce monde des autres est devenu leur laboratoire d'expérimentation. Ils veulent le changer et ils ne cessent de l'améliorer, de le réparer. Ils augmentent le potentiel du réel. Donc du vivant. Seulement ils n'ont pas toujours idée des répercussions de leurs inventions. On pense qu'ils s'en fichent.

Je le coupe. Est-ce si simple ? Peut-être qu'ils ne s'en rendent pas compte. Ils jouent.

Il hoche vaguement la tête, en contemplant ma main qu'il tient dans la sienne.

Ils s'intéressent à la perfection, l'immortalité, l'infaillibilité. Zéro faute, zéro perte, zéro risque. Afin d'augmenter l'humain, on lui donne davantage de capacités. La société et la population et la vie et l'armée, tout doit être renforcé. L'intelligence amplifiée. Le soldat-robot, augmenté, est une réalité. L'infirmière-robot est prête à travailler. Le juge-robot est déjà à pied d'œuvre, sans parler du banquier-robot, de l'assureur-robot, de l'écrivain-robot, du journaliste-robot, du professeur-robot, de l'amant-robot…

La réalisation de leurs projets est un succès mais qui en est conscient ?

Je dis. Parfois l'art augmente le réel. Tu prends un corps ordinaire, un gars qui marche dans la rue, et tu le places dans l'Histoire, tu le magnifies et tu le transformes… Kehinde Wiley augmente, lui, à sa manière, des personnes en les faisant passer par l'Histoire, en redistribuant les rôles. Un homme ordinaire augmenté dans un tableau de Wiley est représenté sous les traits de Napoléon Bonaparte. Son art représente un regard critique mais par la construction artistique.

Augmenté n'est pas encore un mot à la mode puisqu'on ne se rend pas bien compte de ce que cela suppose. Pourtant c'est relativement simple. On entre dans un monde où l'humain, tel quel, est inutile. On a besoin, par contre, de ceux qui auront pu se payer un appendice technologique qui les fera se surpasser. Cela élimine la majorité, et risque aussi de déborder l'humanité. On manque de fantaisie pour comprendre et comme on ne cerne pas les enjeux, on les ignore. Ce temps où l'on allait se noyer dans une bibliothèque pour affûter ses connaissances afin de déchiffrer les mystères du vivant est loin derrière nous. L'effort intellectuel a été enterré et, avec lui, l'imagination.

Avec un groupe de chercheurs à l'Université, nous avons fondé un Institut qui se penche sur les enjeux de l'intelligence artificielle centrée sur l'humain et l'éthique. L'IA doit rendre service aux gens, et non pas le contraire. L'économie, au départ, se développait sur l'idée de servir la structure de la société mais aujourd'hui, nous devons nous sacrifier pour que l'économie vive. Cela ne doit pas se reproduire avec l'intelligence artificielle. C'est maintenant, pendant les préliminaires, qu'il faut établir les cadres nécessaires, afin de conserver une forme de maîtrise sur les conséquences. Soumettre le phénomène d'augmentation à un travail de mise en critique est vital. Cette idée, en voie de réalisation, déborde déjà. Une fois lancé, il sera compliqué de reprendre la main. L'intelligence artificielle n'aura bientôt plus besoin des codeurs pour réaliser ses mises à jour, pour se régénérer, pour apprendre. On verra bien, disent les sceptiques. Peut-être. Peut-être pas. Cette manie d'être constamment en retard sur nous-mêmes… Les lanceurs d'alerte sont réduits au silence. On sait bien que ce sont des fous irrationnels, des complotistes… C'est si facile de faire taire ces esprits négatifs… L'Institut travaille donc sur l'éthique et réfléchit aux moyens de maintenir un équilibre riches-pauvres, menacé par la société virtuelle. Seulement il se heurte à des dirigeants d'entreprises pour qui l'éthique et l'économie sont antinomiques. Les investisseurs, issus principalement de la technologie, ont menacé de retirer leurs subventions. L'Université n'a pas le choix et a décidé de travailler avec les actionnaires. Moi, j'ai le choix et je me suis écarté de l'Institut. Depuis, j'intègre dans mon programme l'analyse des procédés des algorithmes de reconnaissance et les perroquets stochastiques.

Je lui dis que je n'ai aucune idée de ce qu'est un perroquet stochastique.

C'est un système de modélisation du langage. L'intelligence artificielle, capable de deep learning, donc d'apprendre par elle-même, enregistre nos conversations téléphoniques et nos échanges sur les réseaux sociaux. Elle entasse du vocabulaire et cette récolte lui permet de développer ses connaissances. Par la suite, les données sont transmises à Amazon, Google ou Apple qui les exploitent. Ou à d'autres entreprises privées et partis politiques.

Mais pourquoi perroquet ?

Cet apprentissage intuitif du langage repose sur la répétition et l'imitation de nos tournures de phrases, collectées sur les réseaux. Les messageries, les chatbots, les correcteurs sont des perroquets stochastiques. Quand on rédige un texte, l'intelligence artificielle trie les mots pour conseiller ceux considérés comme corrects.

On utilise les perroquets stochastiques pour interpréter des images qui proviennent de photos ou de la reconnaissance faciale. Cette analyse se fait avec des mots identifiés par l'algorithme mais qu'il ne comprend pas nécessairement et qui peuvent être mal employés. Par exemple, le mot *artiste* est classé dans les mots offensants. Cela donne lieu à des discriminations sans fin.

Je ne dis rien, je pense à l'art et à sa force de frappe…

Le deep learning suppose qu'avec la structure de base donnée par le codeur, dont on ne sait rien, ni qui il est, ni ce qu'il aime, l'algorithme évolue tout seul. Or, l'algorithme n'accède ni à la compréhension, ni à l'empathie, ni à aucun code moral. Sans discernement, il exploite les données, bonnes ou mauvaises et crée un appauvrissement de la langue. En offrant une direction à nos pensées, il devient un moyen de contrôle et de suppression de liberté. L'humain se réduit à être un humain-chose. C'est assez prodigieux. L'intelligence artificielle peut désormais élaborer sa propre langue et communiquer avec d'autres machines.

Et on ne peut rien faire pour dompter ce pouvoir ?

L'extension d'une attaque typographique géante peut constituer une forme de critique qui oblige à penser le système, le grain de sable qui entrave le fonctionnement du programme. Si l'analyse de l'image est corrompue par cet assaut de typographie géante, l'analyse est biaisée et modifie l'algorithme, voire le détruit. Une typo géante rend difficile l'examen de l'image. Le deep learning cible l'image mais plus la typo est grande, plus son jugement est altéré puisqu'il se focalise sur le texte. Il ne discerne plus l'image. C'est un vieux truc qu'on appelle l'effet Stroop. Tu écris le mot *jaune* en l'écrivant en vert. Normalement, *jaune* devrait s'écrire en jaune. En introduisant une couleur qui ne correspond pas à la définition du mot, l'algorithme est perturbé. Attaquer le perroquet permet de maintenir les nuances du langage, et les mots à multiple sens.

Le street art lance une attaque de typographie géante…

Les étudiants sont très enthousiastes. Cela concerne en direct leur monde et je leur fournis les outils critiques qui leur permettent de participer eux-mêmes à cet avenir qui émerge. Je dévoile et rends accessibles certains secrets des boîtes noires des algorithmes. Autant dire que les entreprises n'aiment pas ça. Et j'écris sur ces sujets. L'éditeur dont je t'ai parlé veut absolument que je publie mes textes. Je n'ai pas encore pris de décision.

Peut-être que ce mot, augmenté, n'existera plus dans cinquante ans. On dira autre chose et avec un peu de chance, il y aura encore un monde pour rire de tout ça. Ou pas. Selon les probabilités… que nous mettons nous-mêmes en place, il y a de fortes chances pour que nous n'en riions pas. Une apocalypse que nous préparons nous-mêmes. Non pas parce que c'est inévitable mais parce que nous sommes persuadés que cela le sera. Notre conception du monde et de ce que nous sommes nous conduit à notre perte. À moins que… Les maîtres de la data numérique désirent devenir Dieu et ils en ont la possibilité. Pourront-ils nous sauver de nous-mêmes ?

12.

La poule aime la géométrie et se dessine dans l'espace comme un triangle

J'ai encore les mots d'Achille en tête lorsque je m'achemine vers la succursale de Vision Technologies à Los Angeles. Palantir a demandé à me voir et j'ai quelques minutes de retard. Il sollicite rarement un entretien et je ne peux pas nier une inquiétude naissante. Juste avant d'entrer dans le hall, je lève mon visage vers le ciel. Je ne me lasse jamais de ce bleu uniforme avec le soleil qui brille presque tous les jours. J'ajuste mon masque et dis bonjour au gardien en exhibant ma carte d'accès au site. How are you today, me demande-t-il et je réponds, comme d'habitude. Fine, and you ? Have a good one, il me dit.

Je monte à l'étage où Palantir siège. Les étages offrent tous les mêmes espaces repos avec l'équipement nécessaire, des coins pour se relaxer, pour travailler seul, pour s'amuser, ou pour se nourrir. Mon emplacement se trouve juste en face du bureau de Palantir, une réplique quasi exacte de celui qu'il occupe au siège social de Palo Alto et en ce moment aussi calme, à cause du virus. Je ne peux pas nier que la situation me préoccupe. Les informations, toutes contradictoires, sont confuses et sélectionner une information plutôt qu'une autre comme étant la plus vraie possible me fait penser aux douze travaux d'Hercule. Si le virus représente un danger, ses retombées paraissent tout aussi dangereuses, sinon plus. Tous les jours je croise les doigts pour que ça n'évolue pas.

Le bureau de Palantir est fermé et les murs opaques. Mes yeux rencontrent ceux de l'agent de sécurité debout à côté de la porte et il me fait un signe à peine perceptible en guise de bonjour. Il arbore un costume qui tire sur le noir et une chemise blanche. Les agents adoptent un profil en commun et malgré mes talents de physionomiste, j'ai du mal à les distinguer. Ils font beaucoup d'efforts pour se fondre dans l'anonymat. Les masques n'aident pas à identifier quelqu'un. Il est là ? Il secoue la tête. Bon, j'attends à mon bureau, je fais en m'éloignant.

Je sens le regard de l'agent de sécurité fixé sur mon dos. Je tourne les yeux vers le plafond pour recenser les nombreuses caméras. Elles sont partout, à scruter chaque centimètre de l'espace. Un agent est invariablement à proximité quand Palantir est absent, afin de sécuriser le bureau, et m'observer le temps que je suis sur place. Je dis ça mais au fond je n'en sais rien. Il faudrait que j'évoque la question avec Palantir.

J'ai demandé un badge niveau 6 il y a quelques mois et je n'ai jamais reçu de réponse. Est-ce pour cela qu'il m'a convoquée ? Je n'y pensais plus.

La porte de l'espace de Palantir s'ouvre enfin mais les murs restent opaques. Sa secrétaire se présente devant moi. Vous venez ? Elle me précède et se glisse derrière sa table de travail où elle active un bouton. J'entends la voix de Palantir. Entre. Je prends place dans l'un des deux fauteuils en face de lui. Il examine des papiers étalés sur le bureau en jetant régulièrement un coup d'œil à son ordinateur.

Si je comprends bien, tu veux un badge niveau 6. Pourquoi ?

Circuler librement dans l'entreprise constitue une des pistes dont je dispose pour marcher sur vos traces et pour vous découvrir. La société est à votre image. Et vous m'avez assez répété que je dois me concentrer sur vous à partir de votre vie professionnelle.

Est-ce que ça te permettra d'aller plus vite ?

Je hoche la tête.

Je te ferai signer un contrat de confidentialité. Si jamais tu ne respectes pas les clauses, je te ferai tuer.

Sa menace me glace jusqu'à la moelle. Il n'hésiterait pas une seconde à régler le sort de quelqu'un qui le dérange et il a assez de pouvoir pour que la justice ne l'inquiète pas.

Tu auras accès à tous les niveaux, sauf au sous-sol. Il m'est réservé.

L'idée du badge était de me donner accès à tout librement.

Partout, sauf là. Il n'y a rien à voir. Une grimace tord sa bouche en un sourire. Il est flatté que j'insiste mais il secoue la tête. Personne ne met les pieds dans mon espace personnel. Un éclat étrange dans ses yeux m'angoisse et je fais de mon mieux pour que ça n'apparaisse pas sur mon visage. Mais je peux satisfaire ta curiosité avec quelques photos. Il me tend son téléphone.

Sur la première, un local obscur sans aucun meuble et une porte avec un judas fermé. En dessous, une autre ouverture fermée par une trappe. La deuxième montre une fenêtre minuscule.

C'est vide.

Il affiche une sorte de satisfaction troublante et je sens mon ventre se serrer. C'est facile de montrer un espace vide et dire qu'il n'y a rien à voir. Mais pourquoi me montrer ça ? Il sait bien que je ne suis pas aussi bête que ça. La question me brûle les lèvres mais je préfère me taire. Il me fait peur.

Il reprend son téléphone. Cet espace représente mon autonomie. Ce dont j'ai besoin, c'est le symbole. La possibilité de liberté, même si l'on sait bien que cette idée est derrière nous. Le symbole l'emporte sur sa réalité. Tantôt, on devra sans doute redéfinir la liberté d'après son impossibilité, peut-être même l'admirer comme un tableau dans un musée…

Palantir n'est pas habitué à sourire mais il faut reconnaître qu'il essaie. Je lance une question à tout hasard.

Ce virus, il n'aura pas disparu dans un mois, n'est-ce pas ? Il va s'amplifier… On risque de devenir prisonniers de notre présent… Et après ? Va-t-on retrouver notre libre arbitre ?

Je m'en veux déjà d'avoir abordé ce sujet comme ça. J'aurais pu construire une problématique et conserver un contrôle sur la question.

C'est du ressort de chaque État et à leur volonté de coordonner leurs actions avec les autres, ça ne dépend pas de moi spécifiquement mais de tous, y compris ceux qui n'ont rien. Pour le moment nous sommes tous prisonniers du présent, même moi. Ça ne change rien que ce soit moi qui invente notre nouveau monde. La technologie dépend du consommateur. Nous sommes magiciens, certes mais pas Dieu. Pas encore, il ajoute avec un mince sourire. Ça viendra…

Rends-toi au bureau du personnel. Le contrat de confidentialité est prêt, comme le badge.

En y allant, un agent de sécurité marche derrière moi. Ou, plutôt, il me suit. La secrétaire au bureau du personnel est tout sourire en me faisant signer le contrat. Elle me tend le badge avec un tantinet de solennité. C'est une sacrée preuve de confiance, elle glousse en se trémoussant.

En longeant la baie vitrée, je constate que l'agent de sécurité continue, curieusement, à me suivre. Avec ce système sophistiqué de caméras, Palantir pourrait me suivre où que j'aille, sans compter la surveillance des réseaux, ordinateur, téléphone et autre objet connecté. C'est qu'il veut que je sache qu'il m'a à l'œil. En définitive, le badge de circulation est un accessoire de liberté surveillée.

Son bureau est encore ouvert. Je m'arrête devant la secrétaire. Puis-je revoir Monsieur Palantir ? Elle se lève et disparaît derrière la porte. Quelques secondes plus tard, elle me laisse entrer.

Je me poste tout de suite devant Palantir et avant qu'il ait le temps d'articuler quoi que ce soit, je lance ma question. Est-ce que cet espionnage est obligatoire ? Je parle de votre agent de sécurité qui me file partout où je vais.

Une grimace s'affiche sur son visage. Il a l'air d'un monstre, un de la pire espèce, ceux qui sont froids.

Oui.

La réponse très brève et précise me désarçonne. Il devrait se cacher. Nier qu'il me fait suivre, ou montrer de la confusion parce que j'ai découvert qu'il me surveillait. Parce que ce n'est pas bien. Parce qu'il n'a pas le droit. Mais il ne nie pas. Il s'amuse.

Ma société est une boîte à secrets. Sa voix est presque douce, ce qui le rend davantage grotesque et je suis tout à coup consciente à quel point il est dangereux. Je représente une banque de données numériques. Avec toutes les données que j'ai accumulées sur toi, je possède tous tes secrets et je les protège en veillant sur toi. Je m'assure que tu ne t'égares pas. Mon entreprise est transparente mais mes clients ont droit à une vie privée. La sécurité, dans un endroit comme celui-ci, est fondamentale, d'où les caméras. Certaines choses ne doivent pas être révélées au grand public. On ne va quand même pas déverrouiller la porte à des terroristes, n'est-ce pas ?

Comment définissez-vous un terroriste ?

Comme quelqu'un qui compromet le bonheur de tous.

La définition est plutôt vague. Et qu'entendez-vous par compromettre le bonheur de tous ?

Je garde un œil sur toi pour ton propre bien. Pour m'assurer que rien ne t'arrive.

13.

Prison song

Je veux voir mon avocat ! Hé là !

Pas de réponse. Il tape sur les barreaux du judas pour que le gardien l'ouvre mais rien ne se produit, pas de mouvement qui remue vaguement l'air, pas de son, même infime, qui s'échapperait du silence pour le rassurer. Il est seul, vraiment seul. Ça ne le dérange pas d'être seul. Par contre, ne pas avoir le contrôle sur lui-même et sur sa vie et ses déplacements le dérange profondément. Il essaie d'écarter les barreaux qui restent obstinément scellés. Il s'acharne avec plus de force. Répondez-moi. Un grognement dans son ventre signale que l'heure du déjeuner est dépassée depuis longtemps. Il sent un début de panique rôder dans ses profondeurs, comme un fauve surveillant de près sa proie, guettant le moment propice pour s'en emparer. Non, pas de ça, surtout pas.

Peut-être que les gardiens sont partis, l'abandonnant sur place. Ils sont partis et ils l'ont oublié. Il faut bien que ce soit un oubli. Personne, même pas eux, ne serait assez cruel pour laisser des gens mourir de faim dans une cellule, sans aucun moyen de s'en sortir. L'oreille collée à la porte, il se concentre sur d'éventuels bruits émanant du couloir. Il ne perçoit aucune activité. C'est impossible qu'il soit tout seul, les gardiens doivent être là. Il voudrait savoir s'il est en prison, et quelle sorte de prison c'est et s'il y a d'autres prisonniers. Et s'il y en a, pourquoi ne les entend-il jamais ? S'il interrogeait le gardien peut-être que celui-ci lui répondrait sans faire attention. Le maintenir dans le doute doit sûrement faire partie de leur torture. Pour s'assurer qu'il ne puisse pas se replier sur une vérité. Connaître l'endroit où il se trouve pourrait lui donner l'espoir et la force pour agir. Être suspendu dans l'incertitude revient à se figer dans le présent.

Il se demande comment c'est de mourir de faim. Si c'est douloureux. Non, il doit y avoir un moyen de s'en sortir. C'est juste qu'il ne déploie pas assez d'efforts. Il examine la cellule, centimètre par centimètre, palpe les murs, les failles, les fissures minuscules. Il pousse le lit jusqu'à la petite ouverture sous le plafond et il monte dessus pour regarder dehors mais la fenêtre est placée trop haut. Il n'aperçoit pas grand-chose, à part le ciel. Il ne voit pas d'oiseaux, seulement la cime d'un arbre dépouillée et noircie. Rien ne bouge, même l'air ne respire plus. Peut-être est-ce la fin du monde et qu'il est l'unique survivant. Enfermé, il mourra de faim avec la terrible conscience de la solitude la plus totale qui soit. Seul au monde. Il lance quelques mots à voix haute mais n'entend pas d'écho. Subitement une porte claque dans le couloir. Peut-être. Il en est presque sûr. Il écoute attentivement. Il n'y a plus un son…

Il suspend sa respiration. Une porte claque de nouveau. Cette fois-ci il l'a bien entendue. Il se dépêche de remettre le lit à sa place et s'assoit dessus pour paraître comme d'ordinaire, si jamais on le surveillait. Il se rend compte qu'il a déjà succombé à une certaine routine et ça l'embête. Il s'habitue à l'enfermement, à ce qu'on le prive de ses droits élémentaires.

Peut-être qu'un jour, il jugera cela normal. Des pas dans le couloir se rapprochent. Il ferme les yeux. Il reconnaît la démarche du gardien qui boite très légèrement. Le gardien s'arrête devant la porte de sa cellule. Impatient, le prisonnier attend le petit clac du verrou mais rien ne se passe. Il respire plus fortement. Cette foutue panique. C'est vraiment n'importe quoi. Il se met debout et s'approche de la porte et y colle son oreille. Il pense entendre un souffle. Il se démène à nouveau pour forcer les barreaux mais ils ne bougent pas. Il distingue un bruit étrange, comme le grincement d'un robinet rouillé. Et des pas qui s'éloignent. Il gueule. Hé, là. Revenez. Je dois consulter mon avocat. Où est-il ?

Le silence glisse dans la cellule et se faufile dans tous les coins. Presque. Il y a ce son qui s'obstine, persistant, une goutte qui tombe et qui tombe. Il ne sait pas si c'est la même goutte ou une nouvelle. D'après Héraclite, c'était forcément une nouvelle goutte. De toute façon il s'en fiche. La goutte l'empêche de dormir, l'empêche de penser, l'empêche de s'évader. Le supplice de la goutte. Il écoute le bruit de la goutte qui ne cesse de s'écouler et il devient fou. Puis il la voit, une fourmi tout près du mur. Une fourmi qui effectue des va-et-vient. Qui est libre. Il se met à genoux et s'approche pour l'observer. Il aimerait se transformer en fourmi pour sortir d'ici. Ou peut-être est-ce elle qui s'est transformée pour venir lui rendre visite. Si seulement ça pouvait être vrai. Il parle à la fourmi et pense qu'il commence à sacrément déconner. Il se remet sur le lit et sort son cahier de sous le matelas.

J'ai vu une petite fourmi, elle est minuscule. Je me suis approché pour faire connaissance mais elle a disparu dans une fissure aussi microscopique qu'elle. Je me suis dit que peut-être c'était toi. Tu dis parfois des choses comme ça.

Le gardien m'a informé hier que le procès n'allait pas tarder à débuter. Il ne m'a rien révélé d'autre. Je lui ai fait remarquer que je ne savais pas de quel procès il parlait mais il s'en foutait. J'espère que tu vas bien. La seule chose qui me console, c'est de me dire que tu vas bien. Je me rends compte que tu ne dois avoir aucune idée de ce qui m'est arrivé et combien ce doit être pénible. Te connaissant, tu feras toi-même des déductions. J'espère seulement que tu es assez résistante. Tu dois penser que je suis parti, que je ne t'aime pas autant que tu m'aimes mais sache que ce n'est pas ça. Tu as métamorphosé ma vie. Je m'en veux de n'avoir pas écouté tes intuitions, de n'avoir pas accepté de te voir avant ton départ. Je croyais que tu allais revenir au plus vite. Tu m'as bien dit ça, n'est-ce pas ? Je reste en France deux semaines et je reviens. Puis le virus a pris le contrôle.

Je ne sais pas si un jour tu liras ceci.

Alors je me concentre. Peut-être qu'on peut se parler par transmission de pensée. Ou pas. Et pourquoi pas ? Peut-être que quand je pense, tu m'entends. L'idée de l'homme augmenté suppose ce genre de choses. Tu te souviens du plaisir qu'on avait à lire dans les pensées de l'autre ? Une complicité si profonde que j'en avais le vertige, me demandant comment on pouvait être aussi chanceux. Ça n'a pas duré longtemps. J'aurais dû me méfier.

14.

Une histoire qui se réduit à sa fin, comme l'histoire du monde

Tu voulais me parler ?

Il hoche la tête mais continue obstinément de se taire.

Nous sommes assis sur mon lit dans mon abri. Le peu de place dont je dispose ne semble pas le déranger, au contraire. J'avais proposé d'aller chez lui mais il a encore refusé, ou plutôt, il n'a pas répondu à ma requête, il a juste répété qu'il viendrait chez moi dans l'après-midi. La première fois, je pensais qu'il appréciait mon abri et mon mode de vie mais les fois suivantes, j'ai compris que quelque chose clochait. C'est vrai que je ne lui raconte pas tout non plus. Il ignore que j'ai commencé un portrait de lui. Pour le moment, je garde mon secret et je lui ferai savoir, bien sûr mais plus tard. Avant son arrivée, j'ai tourné la toile contre le mur.

Puisque tu ne dis rien, j'ai une question. Pourquoi ne veux-tu pas que je voie où tu habites ?

Je n'ai jamais su comment formuler les questions pour ne pas vexer mon interlocuteur, aussi j'y vais directement.

Au lieu de répondre, il contemple ses chaussures. J'aborde la question pour la troisième fois. Il ne réagit à rien, ne répond pas et je sens un début d'exaspération. Son front transpire légèrement. Sur le point de se confier, il se retient comme si les mots le blessaient. Je suis vexée qu'il m'abandonne ainsi en périphérie. Je me heurte contre ses murs et ça me navre qu'il ferme la porte et me laisse seule avec mes pressentiments. En définitive, je ne le connais pas si bien que ça.

Tu sais que tu peux me parler. Que tu peux tout me dire. Un désir de le bousculer, de le secouer pour le faire sortir de ses gonds, pour qu'il réagisse, me déstabilise avec une sauvagerie que je ne me connaissais pas et qui monte d'un coin obscur de mes tripes. Je serre mes mains très fort pour recouvrer la maîtrise de moi-même.

Il se lève, quitte l'abri et se campe devant le tableau de Palantir.

Tu connais Henry Palantir ? Sa voix est curieusement hésitante.

Il est mon sujet. Il a commandé le portrait il y a quelque temps déjà. C'est pour ça que j'étais à Palo Alto. Je cherche encore à le découvrir mais je ne le connais pas.

Pour le peindre, tu dois arriver à le voir, donc tu apprends à le connaître.

Une pointe de jalousie perce dans sa voix, une inquiétude qu'il veut à tout prix masquer.

Oui, je commence à avoir une idée de sa personnalité. Tu peux m'en parler ?

Il ne répond pas et serre les lèvres de façon obstinée. Je sais que ce n'est pas la peine d'insister. Il se détourne du tableau et regarde vers l'autre bout de la terrasse.

J'aime le courage. Cette force qui pousse en avant en dépit de tout compte beaucoup, surtout quand on a peur. Je manque absolument de tolérance quant à la fuite, cet élan de faiblesse qui contourne l'obstacle au lieu de foncer dedans.

À l'instant où j'attrape un mensonge destiné à se dépêtrer d'une situation délicate, ma colère monte à la vitesse de la lave d'un volcan. J'éprouve un agacement renforcé, pour ne dire que ça, face à ses hésitations. Pourquoi cette crainte ? Tu sais que tu peux tout me dire, hein ?

Il va bien finir par l'entendre.

Il frotte ses mains l'une contre l'autre, évitant mon regard. Je ressens une peur si profonde qui m'entraîne vers le fond, jusqu'au gouffre, là où l'on étouffe. Je ne peux pas le perdre.

Si tu es marié, tu dois me le dire.

Rien. Pas de réaction.

Ce n'était pas la peine de venir.

J'entends moi-même le mécontentement dans ma voix. Ce vide, déjà présent en moi, me réduit au néant.

Il soupire. Je crois qu'on m'a mis sous surveillance. J'ai l'impression que quelqu'un me suit.

Je ne m'attendais pas à ce type de réponse.

Mais pourquoi voudrait-on t'espionner ?

Il hausse les épaules. Un type a traîné autour de ma maison ces derniers jours. Je lui ai demandé si je pouvais l'aider. Il n'a pas répondu. Tout ce que je peux dire, c'est qu'il n'avait pas l'air amical.

Un étudiant, peut-être ? Je ne peux pas nier que je suis soulagée que son statut marital ne soit pas la raison de son état.

Non, il était trop vieux pour être un élève. Mais ce n'est pas tout. Certains de mes collègues ont changé d'attitude à mon égard. Rien de bien visible ou de direct, juste un raidissement dans le dos. Des grimaces à peine dissimulées. Ils m'interrogent, s'intéressent subitement à mon existence. L'un d'eux m'a même demandé si j'avais quelqu'un dans ma vie… Il m'avait vu avec une femme… Je n'ai pas répondu et il m'a fait remarquer que mon comportement pouvait être qualifié d'asocial. Tu te rends compte ?

La détresse dans sa voix me touche. Je vole à son secours, bien consciente que cela ne changera rien. Ça se passe bien avec tes étudiants ? As-tu eu des problèmes avec eux ?

De l'agitation sur un campus est tout à fait normale. Mais depuis l'année dernière, mes étudiants sont très nombreux à s'être déconnectés.

Comment ça ? Déconnectés ?

Oui. Déconnectés d'Internet. Quand ils ont compris les conséquences de leur navigation sur Internet, le pouvoir que ça représentait et véhiculait, l'impact des algorithmes, ils se sont tout simplement désabonnés. Ça a pris beaucoup d'ampleur. Personne n'en parle, pour que ça ne crée pas un mouvement mais je suppose que c'est déjà trop tard. D'ailleurs, mon compte en banque a été bloqué pendant quatre jours alors qu'il était bien alimenté. J'ai contacté ma banque mais le banquier ne sait pas pourquoi. Vous savez, les ordinateurs font de ces choses, m'a dit une femme très gentille au guichet. Elle avait haussé les épaules pour me signifier l'existence de ces forces contre lesquelles on ne peut rien. On ne sait pas ce qui se passe sur votre compte, a dit mon banquier. Rien n'est volé, c'est juste que c'est bloqué, même pour nous. On vous dépannera bien sûr, en attendant de débloquer le compte. Nos informaticiens travaillent dessus, ne vous inquiétez pas. La banque a réglé le problème mais on ne sait toujours pas ce qui s'est produit.

En plus, ces derniers jours la police a vérifié mon identité à plusieurs reprises. Normalement je devrais avoir transgressé la loi pour me faire contrôler de la sorte. Mais je suis noir… Ils n'ont pas le droit de m'arrêter sans raison, seulement ils n'avaient pas l'air de plaisanter et je n'ai pas posé de question.

Il se tait et se retourne pour examiner le tableau de Palantir. Pas mal du tout, il fait, mais je vois bien qu'il est ému.

Mes étudiants, il y a quelques années, avaient réalisé un hacking, articule-t-il doucement, sans se presser, dans le cadre d'un projet qu'ils devaient présenter. Ils avaient détourné l'algorithme de la police de Palo Alto, un algorithme que gère l'entreprise de Palantir. La police a effectué une descente dans son entreprise, selon la méthode du stop-and-frisk, et ils ont soumis des employés et certains dirigeants à la fouille corporelle. Même les dirigeants se sont retrouvés menottés comme de vulgaires dealers. Palantir était furieux. À mon avis, il a deviné que mes étudiants étaient à l'origine de cette affaire et il me tient pour responsable.

Une dispute entre Charles et Ray éclate. Amis de Cort depuis longtemps, déjà deux ans, presque un record à Los Angeles, ils vivent à deux pas de l'abri dans une tente gigantesque à l'autre bout de la terrasse, où leur amitié tourne à la haine. Entre leur tente et mon abri, un assez grand canapé et deux fauteuils et un magnifique miroir style renaissance repeint en blanc. Une table en verre avec des chaises autour et de beaux chandeliers posés dessus donnent à l'extérieur des allures de salon. Une étagère vissée au mur sert de stockage et d'emplacement pour la chaîne stéréo et la télévision extérieure. Au milieu de la terrasse, partiellement couverte par un toit, un lustre. Charles et Ray ne sont pas en couple mais partageaient un appartement, jusqu'au jour où la location a expiré. Depuis ils vivent sur la terrasse.

Tu sous-entends que Palantir te surveille ? Je l'ai vu hier… La tension entre nous est dense. Palantir n'aime pas l'opposition et j'en suis une. Il me qualifie d'esprit du monde passé qui refuse ce que la société offre de mieux, le gain de temps. Je lui ai rétorqué que je ne tiens pas à le dilapider. Choisir pour moi-même et agir selon mes propres désirs est un temps de gagné.

Je sens la peur de l'autre jour revenir en plein. Trop de coïncidences d'après mon goût.

D'une voix à mon avis trop stridente, j'aligne les questions. C'est vrai que ça fait beaucoup de choses mais pourquoi avoir hésité à me l'expliquer ? M'as-tu tout dit ? Est-ce pour cela que tu es venu ?

Ma voix est trop sèche. Il pourrait croire que je suis en colère et je le suis mais je ne voudrais pas qu'il passe à côté de ce qui me pose problème.

Il ne dit rien un long moment.

Je suis debout devant lui, droite comme un I, je ne le lâche pas des yeux, j'attends.

Il s'éclaircit la gorge. Je pense qu'on ne devrait pas se voir pendant quelque temps.

Je ne prononce pas un seul mot. Il ouvre la bouche, hésite puis se lance…

… pour ta sécurité… Il hausse l'épaule, indécis et incapable de faire machine arrière.

Mais si lui a bafouillé, moi, en revanche, je ne doute pas du tout et je le dis clairement. Non. La… proposition… est inacceptable.

Ce n'est pas une suggestion mais une décision. Malgré la douceur de sa voix, malgré son hésitation, il paraît déterminé, catégorique et pire que ça, têtu. Il me fixe sans ciller.

Désagréablement surprise, je plisse les yeux. Comment ça, une décision ? Tu as choisi sans me consulter ? Tu as décidé à ma place ? Mon avis ne compte pas ? Est-ce cela que je dois comprendre ?

C'est comme ça, dit-il. Je ne veux pas prendre le risque de t'exposer à une situation qui me semble louche, ou bizarre. Ça peut être dangereux. On se verra plus tard. Il saisit ma main et la parcourt de son doigt. J'aime qu'il me touche, cette sensation d'un bien-être profond. Ce doit être ça, la fusion, une sorte d'imbrication spirituelle, la synthèse de deux nucléides. Quand ses mains s'emparent de moi, mes questions disparaissent. Plus d'hésitations. Plus de doutes. Mais pas aujourd'hui. Une montée de colère me fait trembler. Tu n'as pas le droit. C'est comme ça que tu nous vois ? J'arrache ma main et me retiens de le repousser. Parfois j'ai le geste un peu trop brusque.

Son regard triste mais buté s'éloigne déjà.

Je suis désolé, il dit.

Plus un cri qu'une réponse s'échappe. Moi aussi.

Je lui en veux. Je le hais. Il décide tout seul pour nous deux, sans me consulter, sans attendre mon accord. On ne se verra plus. C'est tout. Pas de discussion. Le chapitre est clos. Je le prends par les épaules et le secoue et le frappe. Toute cette colère, si difficile à contenir. Les sanglots me font trembler. Je m'applique pour ne pas pleurer, surtout pas. Il faut qu'il voie ma colère, pas ma faiblesse. Il m'est impossible de vivre dans un endroit où il n'est pas. J'ai besoin de lui. Et pourtant je dois vivre sans lui. Respirer sans lui. Et cette facilité avec laquelle il réduit notre vie à une ruine.

Fais-moi confiance, il me dit doucement.

Mais est-ce à toi de décider ? Pourquoi penses-tu que je ne peux pas décider pour moi-même ?

Je suis désolé, il dit en regardant par terre. Je dois y aller.

15.

Une pensée légère court toujours plus vite qu'un escargot qui rêve

Comme toujours, le temps est splendide à Los Angeles. Dire que c'est un cliché revient à souligner l'inévitable répétition, presque tautologique. Grâce au soleil, l'air est doux. Installée devant le chevalet, je scrute minutieusement ces yeux qui me dérangent tant. Depuis le début, les yeux de Palantir sont une énigme et me posent problème. Pas la forme ni le contour ou les nuances, ni l'intelligence, le discernement, le sens, l'appréhension, tous ces petits signes qui racontent tout mais dont on ne peut rien déduire et qui forment le récit d'une vie. Ses yeux sont trop expressifs et je n'arrive pas à les travailler. Ils s'imposent sur la toile et s'inventent eux-mêmes. Quoi que je fasse, que je les lisse, ou les épaississe, ou les brosse, que je les sature, les éclaircisse, que je les ternisse ou superpose d'autres bleus, leurs couleurs demeurent constantes. Ou quand ils changent, ce n'est pas de mon fait. Ils sont autonomes et je ne comprends pas comment c'est possible. Son visage en filigrane est composé de tons locaux. Le portrait en pied avec les visages qui gravitent autour évoque et incarne un déplacement rapide, comme des petites bulles qui se déchaînent. Je dégage la matière qui contrarie l'expression mais les couches obscures où rien n'est distinct me résistent. Je lui avais suggéré de me dessiner un autoportrait. Une esquisse suffirait pour me donner une idée de sa personne, selon lui. On saisit beaucoup d'un être qui se regarde. Il avait refusé. Il a raison. Je ne sais pas ce qui m'a pris de proposer une chose pareille. Je n'ai jamais exigé cela d'aucun de mes clients. Ses yeux sur le portrait me fixent. Me voit-il ? Oui, il me voit. Involontairement j'ai un frisson. Non. Un portrait est aveugle. Ou non-voyant. Je suis ridicule…

Aucune nouvelle d'Achille. Il n'était pas question de rupture et pourtant ça y ressemble. Qu'il me manque est loin de la vérité. J'ai besoin de lui comme de boire et manger et respirer. Je survis tout juste. Je sais que je craquerai et lui enverrai un message.

Palantir me nargue. Même là, sur la toile, il me domine. Un quantum de peinture, de traits, de coups de couteau, de couleurs, de contours, de perspectives. Une façon de transformer la matière. Sur la toile tendue posée sur le chevalet, Palantir devient une œuvre d'art, un tableau en puissance. Pas de chair pas de sang et aucun souffle et néanmoins il me paraît plus réel que tous les objets de l'atelier, trop tangible. Debout devant lui, je tente de le lire pour le fouiller jusqu'au bout de son âme pourrie. Vivants, presque vivaces, ses yeux me jaugent. Confuse, je n'arrive plus à énumérer les sentiments que son regard défectueux et disruptif éveille en moi, impossible de m'en soustraire. Il se pose au centre de tout, le principe en soi. Ces visages aux nuances différentes transmettent ses humeurs, ses doutes, ses certitudes. Les traits varient d'un visage à un autre, tout comme les touches, plus ou moins appuyées. Tantôt épaisse, tantôt fluide, tantôt lisse, la facture englobe tellement de procédés variés qu'il est difficile de saisir le portrait. Il est le soleil, il est Dieu et les visages de 7 milliards de personnes se reflètent en lui, deviennent lui, dépendent de lui. Il me force à explorer des contrées intérieures inaccessibles autrement que par l'imaginaire, bien au-delà de lui. Ni le diable ni le mal, il déploie cependant un pouvoir indéfinissable sur moi que je ne comprends pas. Il n'est qu'un tableau sans réalité physique et il devrait dépendre de moi et de ma volonté de le créer jusqu'au bout. Il ne devrait pas exercer ce pouvoir sur moi. Je pourrais le déchirer, le détruire, le brûler, l'effacer. Il existe grâce à moi. Et pourtant. Ni fantôme, ni zombie, ni ectoplasme, il s'incarne en dehors de la toile, de cet espace que je lui attribue. Curieusement, il est charnel et forgé dans une corporalité tangible et palpable. Que je le veuille ou non, il représente un réel, le sien. En fin de compte, il n'a pas besoin de moi pour être. Cette fascination... Je me demande si un architecte technologique est l'équivalent d'un artiste, la somme d'une démarche singulière dont l'invention s'imprègne. Une part de moi s'incorpore dans le tableau sur lequel je travaille, un transfert qui n'est jamais neutre, ou objectif. Est-ce similaire pour un concepteur de la technologie moderne ? Et comment cela influence-t-il le résultat de son travail, sa création ? Il collectionne des data modifiées et les stocke. Par la suite, ses entreprises s'occupent de sécuriser les données, ces informations qui révèlent tout d'une personne, son quotidien, ses goûts, ses passions et ses haines et qu'il tient entre ses griffes... Tel un Dieu, il se fait omniscient, il sait tout sur tous...

Ces données accumulées qui, une fois codées et numérisées sont transformées en informations et utilisées pour nourrir des algorithmes qui, eux, sont répandus dans la société telles une manne et une bonne nouvelle. Comment se reflète Palantir là-dedans ? Par le profil de ceux qu'il choisit pour travailler avec lui ? Comme une longue chaîne de causes à effets…

Faisant le tour du portrait, je passe derrière le chevalet, je cherche… Vaguement honteuse de mon comportement, saisie par une angoisse incontrôlable et néanmoins ridicule, je sens l'air vide de ma main. Il n'y a pas de fils… Quelle sotte je suis. Le wifi est nécessairement sans fil. C'est une toile. Ceci n'est pas un écran. Avec un ordinateur, il serait commode, quasi enfantin, d'injecter de la lumière dans la peinture, dans les yeux, par exemple, pour les rendre plus parlants, leur attribuer une forme de vie. Mais aucun câble ne connecte l'œuvre. Elle est déconnectée.

16.

Les soleils ne sont pas tous bleus

Je réunis mes esquisses et les range, en alignant le plus parfaitement possible les larges feuilles de papier, dans mon carton à dessins. Le sable fin et chaud s'infiltre comme des flics en couverture. Je noue les trois cordons noirs qui en assurent la fermeture pour que les feuilles ne s'échappent pas. J'essuie de mon bras la sueur qui coule sur mon front et le long de mes tempes. La nuit ne va pas tarder et il fera froid. Mon masque tombe de ma poche. Je le ramasse et l'enfouis dans mon sac. Une brise légère remue la poussière en surface.

Achille se penche sur moi et posant sa main sur ma nuque, il dit qu'il a quelque chose pour moi et il me tend une clef USB.

Tes manuscrits ?

Hier, il m'a envoyé un email sous un nom différent. Allons dans le désert pour respirer, m'a-t-il écrit. Les nouvelles sur le virus sont préoccupantes et par moments on étouffe. Je ne lui ai encore rien dit mais je venais d'accepter un déplacement pour Paris. Puisque je ne le vois pas, autant en profiter pour regrouper mes rendez-vous avec mes galeries parisiennes. J'ai déjà prévenu Palantir qui m'a mise en garde. Avec cette histoire de virus, tu risques de te faire coincer. J'ai juste haussé les épaules. Ils ne vont quand même pas fermer les frontières. Puis, le virus n'est pas si mortel que ça. J'ai ajouté que l'art ne peut pas attendre.

Prêt à partir, Achille m'observe ranger mes crayons, mon Posca rouge, mes feutres et mon indispensable crayon de papier. Je me remets sur pied, et glisse le carton dans son sac de transport que je porte en bandoulière.

On y va ?

Je hoche la tête. Puis je me lance. Je prends l'avion pour Paris dans quelques jours.

Son allure se raidit. Toute son attitude m'évoque un fauve sur le point d'affronter son adversaire. Entre le doute et l'angoisse de mon départ, il me fixe et me fuit en même temps.

Tu rentres quand ? Il respire à peine. Il a dû prendre conscience qu'il pourrait me perdre. J'éprouve une indéniable satisfaction à son visage tourmenté.

Je m'absente pour une semaine. Ce n'est rien du tout. Ça passe vite, une semaine.

Je n'aime pas le torturer trop longtemps. L'amour dépasse encore le plaisir de la torture.

Ne t'inquiète pas. Je t'écrirai sur ta nouvelle adresse email.

Mes pieds s'enfoncent par endroits dans le sable et je sens les particules de quartz et de mica et de silicium qui s'introduisent entre mes sandales et mes plantes de pied et je contemple son dos devant moi et sa silhouette et la manière dont il s'intègre dans le paysage et investit l'espace. Le ciel bleu s'étend infiniment et le rose se dépose comme pour offrir une perspective, rien que de la perspective. Je me dis qu'il faut insuffler une dimension poétique à la perspective et que j'ai sans doute besoin de sommeil. L'aridité du paysage et les rochers hantés, témoins de beaucoup plus de morts que de vies ne cessent de me toucher. Quelques cactus éparpillés qui s'ordonnent en une ode au fantôme, être ou non coincé entre deux univers, être et ne pas être le fantôme qui s'est figé à un moment où il ne s'y attendait pas et qui demeure intact dans une forme précise, s'accrochant au sol contre le vent qui essaie depuis des temps archaïques de le renverser mais sans succès parce que le cactus sait se défendre, il déplie ses griffes et fait un doigt d'honneur à la durée au vent au ciel à la nature dans son ensemble qui se réduit à des images sinistres d'un paysage sec et sévère qui déplaît aux touristes pour sa force sauvage et indifférente. Seuls quelques initiés viennent dans le désert pour l'admirer, pour le prendre en photo en composant de la contre-poésie avec le ciel rose qui vire au rouge qui devient gris et qui achève sa course dans la nuit noire et qui attend avec patience la fin des temps, cette ère où il n'y aura plus d'hommes parce qu'ils se seront suicidés, trop impatients pour attendre l'échéance inéluctable qui se mue en un processus naturel auquel aucun être n'échappe.

L'arbre du désert que j'aime tant, l'arbre de Joshua, bouge paresseusement une de ses branches éparses quand on passe devant, en un signe d'amitié si simple, si évident. L'air est sec et presque inflexible, constitué de fines particules de sable, ou de poussière. Je me demande combien d'atomes il y a dans un grain de sable.

Achille s'arrête et saisit ma main et se penche sur moi et m'embrasse sur la tempe du côté de mon œil bleu. Tu me manques déjà.

On échappe à tout dans le désert, à la surveillance et la maladie et la mort et à l'incessant bruit de l'opinion publique qui se déchaîne sur les réseaux sociaux. La solitude des dunes, pesante et libératrice, étrangle les voix, la musique, le téléphone, et apporte un intervalle au silence qui nous enlace et j'espère me retrouver dans un temps différent. Une autre dimension. Se reconnaître dans un paradoxe, être pour ne pas être et cette ivresse dans mon corps quand je me fonds dans le paysage pour ne plus exister est nécessaire, cet espace vide entre moi et la ville, moi et les autres, moi et le virus.

Attention. Regarde où tu poses les pieds. La main d'Achille sur mon épaule, si solide et si fragile, me rassure.

Un scorpion nous observe sur la droite et je m'écarte légèrement pour ne pas le provoquer. J'entends des bruits que je n'identifie pas, des frétillements dans le sable, une vie trop petite pour être vue mais qui se déploie dans le sol et je songe à la mort et à la peur et je songe au présent, au virus qui s'approche, au futur qui s'évapore, au passé qui se réécrit et la sensation de l'immensité pourtant pas si vaste me gagne sur fond de ciel qui vire au rouge, au rose, au gris dans un vertige hallucinatoire et mes idées et mes rêves et mes espoirs se transforment en art, en matériau, en couleur.

Achille jette un coup d'œil sur son téléphone et accélère la cadence me forçant à courir à ses côtés. Que se passe-t-il ? Pas habituée au désert, je suis déjà à bout de souffle et je transpire de plus en plus.

Je dois rentrer. Mon rendez-vous avec l'éditeur a été déplacé…

17.

Le pingouin qui creuse un tunnel se pose des questions sur l'existence

Je pends mon pull favori sur la tringle à vêtements au-dessus de mon lit. Après réflexion je le reprends et le mets dans ma valise pour la troisième fois. Et si je ne pouvais pas revenir ? Mon pull me manquerait. Achille m'a promis de m'envoyer un mot aussi souvent que possible mais il ne m'a pas encore écrit à propos de son rendez-vous avec l'éditeur. Le virus continue de se propager. Il se trouve partout sur la planète et chaque pays essaie de pister ceux qui ont été en contact avec des gens contaminés. Et si subitement il n'y avait plus d'avions ? Qu'une guerre éclatait ? Ou que le Président américain décidait de fermer les frontières ? Ou que les gouvernements interdisaient les déplacements internationaux pour des histoires de pollution ? Que le flight shaming s'imposait comme une loi pour tous ? Interdiction de fumer, de voler, de boire, de manger, de baiser, de respirer. Couche-toi et crève.

Je reprends le pull et le repends sur la tringle. Bien sûr que je reviendrai. Mon billet de retour est déjà dans mon sac. Je dépose la clef USB qu'Achille m'a donnée dans mon porte-monnaie. L'avion m'offre plus de douze heures de lecture qu'en général j'utilise pour regarder des films, en calmant mes nerfs avec du champagne ou du vin. Ma valise est prête.

Pour me changer les idées, je franchis le petit bout de terrasse qui me sépare de la maison principale. La porte ouvre sur la cuisine, prolongée par le salon. Assis à la table de bar, Cort, torse nu et en slip, discute avec Matt qui prépare une salade. Ray et A. J. sont allongés sur le canapé devant la télévision. Les deux chambres et la salle de bains se trouvent en face, à droite de la télévision. Kevin fait des allers-retours entre le coin où il entrepose ses affaires et la salle de bains, le visage vert à cause du masque de beauté qu'il s'est appliqué.

Dès que Cort me voit, il pousse un cri. Je ne veux pas que tu partes. Il saute du fauteuil de bar et se met à danser son striptease favori. Il s'interrompt pour me servir un verre de vin et continue sa chorégraphie, en levant les mains vers le ciel. Je suis Jésus, s'exclame-t-il en riant fort. Un nouvel ami rejoint la famille, il vient tout à l'heure. Cort souffre de ce qu'il appelle le syndrome de Jésus. Quand il est défoncé, il nous raconte son existence et comment il a découvert sa destinée, être Jésus. Comme lui, il veut aider toute la planète. Il ne sait pas dire non à une personne dans le besoin d'un toit et Los Angeles regorge de jeunes acteurs passagèrement sans abri. Charles traverse la maison en coup de vent, transportant sous le bras son petit chien avec ses poils sur la tête teintés en rose. We are ready for the video. And sugar daddy, did you call him ? dit-il, tenant le téléphone devant lui.

Les résidents vont et viennent en une rotation fluctuante, un véritable turnover qui donne du sens au mot *turnover*. En ce moment, cinq hommes y habitent. A. J., un danseur qui a débarqué d'Ohio, occupe la chambre à louer. Matt qui ne règle jamais son loyer dort sur le canapé, côté droit. Kevin, la star du porno, se déplace entre le lit de Cort, quand les activités de ce dernier ralentissent, et l'aile gauche du canapé. Charles et Ray logent dans la tente. Toute la famille extensive et remplaçable de Cort est gay et je vis leurs histoires d'amour et leurs frasques au quotidien. La vie à la Treehouse ressemble à un tour de grand huit dans un tsunami, avec des hauts et des bas vertigineux mais personne n'est encore mort. Le dynamisme sexuel de Cort s'exprime par une file de mecs qui stationnent sur la terrasse, attendant qu'il ait fini le coup d'avant. Il est vraiment très performant. La drogue circule avec intensité et les rencontres de hasard sont généralement dues à des deals de crystal meth, leur came préférée parce que la moins chère. Plus d'une fois, j'ai dû interrompre des partouses dans l'unique salle de bains de la maison. Je les fais sortir un par un, le harnais bien ajusté. Les effets du crystal meth, dévastateurs, plongent souvent Kevin dans des trips. Hier il tournait autour de la propriété en agitant les bras et en imitant le piaillement des oiseaux. Il visionne des pornos gay le soir. Je n'ai jamais su s'il les regardait pour son plaisir ou pour des raisons professionnelles. Lorsque je prépare mon dîner, j'apprends beaucoup sur la vie sexuelle de la communauté gay.

À chaque fois que je pars, je suis triste de laisser mon quotidien derrière moi.

Cort, plus calme, s'assoit à sa place favorite au comptoir, au bout, dans le coin. Tu restes combien de temps à Paris ?

Je rentre la semaine prochaine.

Ce sentiment de profonde angoisse dans le ventre… Quoi, dit Cort, me fixant à travers la fumée de sa pipe de marijuana.

Et si je ne pouvais pas revenir ? Que les avions ne fassent plus la liaison ?

Nan. Impossible. On t'attend ici. Et je suis Jésus. Je te ferai traverser l'océan à pied.

J'observe son visage cireux et ses yeux défoncés. Il ne cesse de consulter son téléphone. Sa nuit de baise ne va pas tarder à commencer. Déjà la sonnette du portail retentit. Il les fait patienter devant la porte sur la terrasse. Très vite, ils forment une queue…

Les médias énumèrent et nomment jour après jour chaque mort du virus. Une personne au Viêt Nam, une autre en Chine, deux cas en Italie. Un mort à Roubaix. Un malade en Nouvelle-Zélande. En quelques coups de mots, les médias ont détruit la distance naturelle qui existe entre moi et un type en Australie. Quelle que soit la distance, 7 milliards de personnes sont devenues des proches, je les connais par leur nom, à condition qu'ils soient mourants de la Covid et je dois faire mon possible pour les sauver. De toute façon, qui peut refuser de sauver un proche ? Je ne sais pas si j'y crois ou non. Le virus se propage mais il y a peu de cas et la majorité survit à la contamination. You are so smart, me crie Cort en bondissant de son fauteuil. Il active l'ouverture du portail en bas de l'escalier et disparaît dans sa chambre. Sa nuit commence. La voix de l'OMS en arrière-fond demande une concertation mondiale pour empêcher la pandémie de se développer. Le président Trump a répondu en annonçant le retrait des États-Unis de l'OMS.

Je me retire dans mon abri de jardin et écris à Achille. *Il serait peut-être bien qu'on se parle avant que je parte… On ne sait jamais. Tellement de choses peuvent arriver.*

Malgré ce qu'il m'a promis dans le désert, il ne m'a ni écrit ni appelée. L'idée de mourir sans avoir eu le temps de lui dire que je l'aime, de ne pas l'avoir entendu me dire qu'il m'aime, m'effraie tout d'un coup. Et si je ne pouvais plus revenir ? Un épouvantable vide dans le ventre, un sentiment d'abandon, de perte irrémédiable. Je voudrais être plus forte afin de plier ma vie à mes désirs. Utiliser ma volonté pour l'augmenter et réussir tout ce que j'entreprends, même en amour. Hélas, tout ne dépend pas de moi. Il y a les autres.

18.

Pourquoi Cuba ?

Revenir à Paris en période d'épidémie est plus compliqué que je ne le pensais. Plusieurs de mes rendez-vous ont été annulés. Respecter les distances au milieu de la foule s'avère impossible et les gens ne parlent que du virus. Ça paraît si surnaturel. Puis il y a la pénurie de masques. Les gens en réclament. Ils ne servent à rien, rétorque le gouvernement, qui n'en possède pas. Pour me protéger contre l'incivilité, j'accroche un filtre à café sur un masque de sommeil. Je viens d'envoyer un email à Achille. Tous les jours je partage avec lui ma journée et mes pensées mais je n'ai pas encore reçu de réponse. Il se passe quelque chose, mon intuition et tout mon corps me signalent que quelque chose ne va pas.

La Chine a verrouillé ses frontières. L'Italie a confiné la population. Plusieurs pays ont à leur tour suspendu des liaisons internationales. Si la France le décide aussi et si les États-Unis mettent en place le travel ban, je ne pourrai pas repartir. Dois-je prendre un vol ce soir ? Demain matin ? Combien de temps cela risque de durer ? Je ne pourrai peut-être jamais y retourner. Qui sait ? Allons. J'exagère. Je me pose trop de questions. Mon avion décolle après-demain. Les gouvernements ne peuvent pas claquemurer la planète en un clin d'œil. Les enjeux économiques sont trop cruciaux et à aucun moment de l'histoire un pouvoir n'a choisi l'homme à l'économie. Je rédige de nouveau un message à Achille.

Mon dernier rendez-vous est avec Guillaume, un galeriste près de Beaubourg, pour finaliser notre accord sur mon exposition en septembre, une série de portraits que j'ai nommée *Des vies insignifiantes*. Nous sommes assis devant le petit chauffage à côté du comptoir. De ma place je vois toute la galerie et la rue. Il me ressert une coupe de champagne et on trinque. Ils vont trouver un moyen de contenir ce virus, me rassure-t-il. Ils ne peuvent pas empêcher la vie de continuer. Ce n'est pas la première fois que l'infiniment petit nous menace et on s'en est toujours sortis.

Il ne m'a pas rassurée mais je ne lui ai rien dit.

L'avion pour L.A. ce soir n'a pas été supprimé. Ma valise en main, j'attends le RER pour l'aéroport Charles de Gaulle. Je préfère patienter à l'aéroport en buvant une coupe de champagne que de tourner en rond chez moi. J'ai hâte de retrouver Achille même s'il ne me répond pas. Le train arrive et je saute dedans. Les gens évitent d'emprunter les transports en commun, le wagon est vide. Un son de harpe me prévient que j'ai un message. Non, pas ça, ça ne peut pas être vrai. KLM m'avertit que mon avion est annulé. Au prochain arrêt je descends et me laisse tomber sur un banc. Mon vol est annulé et on ne me propose pas un autre horaire. Je pleure de rage. Les passants tracent un grand cercle autour de moi, soucieux de conserver une distance sociale avec mes larmes de détresse. J'aurais dû écouter mes pressentiments. J'aurais dû partir hier soir. Colère, incompréhension, désespoir, haine, peur… Et si je ne le revoyais plus jamais… Ce n'est pas possible… J'en étais sûre…

Les nouvelles tombent comme une mauvaise pluie. Le président américain a bloqué les frontières des États-Unis pour les voyageurs de l'Europe, de la Chine, du Mexique. La Russie et l'Arabie saoudite restent les bienvenus.

Je fais les cent pas dans mon studio. Ma valise trône au milieu. La panique me saisit. La situation est si… irréelle et absurde et grotesque. Ce sentiment d'impuissance… De ne plus pouvoir agir librement me déstabilise. Ça ne va pas durer, n'est-ce pas ? Je déverse les mots au hasard. Je sais bien que ça va durer, que quelque chose a changé. Achille m'en a tellement parlé de tous ces changements à venir, non pas une correction de l'état du monde mais plutôt des rectifications. J'ai envie de défoncer les murs, de crier, d'assener des coups de pied, de m'emparer du pouvoir, de secouer voire de fusiller le président américain.

La fermeture des frontières est sûrement due à une erreur stratégique. Les politiques vont s'en rendre compte, forcément. Le président des États-Unis ne peut pas exclure toute la planète, comme ça, sur un coup de tête. Il n'est ni roi ni empereur, ni seul au pouvoir. Les forces économiques sont au pouvoir, elles aussi. Elles vont me sauver… Pour la première fois de ma vie, je comprends l'importance de l'économie, la manière dont elle relie les pays les uns aux autres. À moins que reprendre le contrôle sur la Chine et ébranler son pouvoir économique et technologique puisse être considéré comme un bénéfice politique. Les États-Unis engagent leurs entreprises délocalisées à revenir et en profitent pour dresser des obstacles à l'exportation chinoise. Au passage, ils ont trouvé un nouveau bouc émissaire pour remplacer la Russie.

Finalement le seul pays au monde qui récolte quelque chose de cette disruption, ce sont les États-Unis. Mais la communauté internationale ne se laissera pas faire par un clown qui joue à être président. C'est sûr. Il déteste l'Europe, mais ça ne suffit quand même pas. L'économie est plus importante que ses haines et ses amours personnelles. Enfin, je l'espère.

L'Europe ferme à son tour ses frontières et entre en confinement. Je suis furieuse. Impuissante. Folle de rage. Désarmée. Surtout impuissante et furieuse. J'essaie de réserver un autre avion mais tout s'est arrêté. Je ne peux plus partir, à moins de pouvoir prouver que mon voyage est essentiel. Comme une idiote, je n'ai jamais rien officialisé en tant qu'artiste. Mes gains sont déclarés en France. Je pensais que mes différents employeurs dans la Silicon Valley s'en occuperaient si cela s'avérait nécessaire. Aujourd'hui la Silicon Valley ne répond plus. Le pouvoir passe désormais par le Président américain et lui n'aime pas cette domination technologique qui se moque de lui. Et où es-tu, Achille ? Pourquoi ne me réponds-tu pas ? J'ai besoin de toi, de savoir que tu es là. Mais tu ne réponds pas... Que s'est-il passé ?

Le virus a pris le pouvoir. Il a profité de l'incrédulité de tous et maintenant il se faufile et circule le plus vite possible. Je déteste que je ne sois pas plus surprise. La situation serait moins ambiguë. Comment ne pas se demander s'il n'y a pas une part de calculs derrière tout ça ? Le virus arrive à point nommé et rend le changement de paradigme, suspendu depuis de longues années, possible. Ce type de hasard laisse sceptique. Simultanément, les nouvelles que j'ai de Wuhan sont sinistres. Les gens tombent raides morts dans la rue. Le virus est virulent. Peut-être s'attaque-t-il directement au système nerveux. Ou pas. On n'en sait pas grand-chose. On navigue à vue, passant d'une théorie à une autre. Tout semble si vrai et si faux en même temps. Les gens quittent Paris en un véritable exode. J'observe le périphérique vide du haut de la porte de Vincennes. L'image est terrifiante. Je veux bouger moi aussi, m'embarquer dans un avion, partir mais les frontières sont cadenassées, et cela en l'espace de quelques jours. La plupart des pays sont entrés en confinement. Le silence est descendu sur toutes les villes du monde et subitement on distingue les oiseaux et on perçoit les étoiles. Désormais prisonnière, debout derrière ma fenêtre au sixième étage, je contemple la place déserte en bas et je pense à Achille. Il y a un continent de trop entre nous et je ne sais pas où il est ni ce qu'il fait. Il ne me répond pas et j'ai peur pour lui.

19.

Le coq se demande s'il a besoin lui aussi d'une dérogation le soir quand il quitte le poulailler

Achille enseigne à Caltech, l'une des meilleures universités spécialisées en technologie au monde. Elle se trouve à Pasadena, au nord de Los Angeles et pas très loin de là où j'habite. Après avoir fouillé leur site de fond en comble, j'appelle un par un les nombreux numéros de téléphone. D'après les informations, les facs sont fermées et les cours se font en virtuel. Mais les bureaux sont en principe ouverts. Je tombe enfin sur un secrétaire compréhensif.

Vous en êtes certain ? Achille n'a pas donné cours depuis début mars ?

Oui, absolument. Il s'est absenté mais apparemment sans donner d'explication. En tout cas, je ne trouve rien.

Est-ce dans ses habitudes ?

Non. Il nous prévient toujours et en plus il contacte lui-même ses étudiants.

Il vous serait possible d'envoyer quelqu'un chez lui pour voir…

C'est contraire au règlement mais vous avez raison, c'est curieux, me dit-il. Son courrier s'empile depuis le mois de mars. Je ferai un saut avec le courrier et on saura s'il est chez lui ou pas. Je vous rappelle dès que j'en sais davantage.

Mon instinct de survie m'a immédiatement imposé une routine. Le matin, je travaille sur mon expo de septembre et le soir, sur mes deux portraits. Ce sont des substitutions mais ça fait un bien fou de prendre des libertés que je ne peux m'accorder par ailleurs. J'anesthésie ma conscience du temps en me réfugiant dans la peinture et j'ai commencé un nouveau portrait d'Achille. Je veux rester le plus simple possible. Qu'il se saisisse de l'espace, qu'il le remplisse et que je puisse le regarder dans les yeux. Il est plaqué sur un fond uniforme, un rose fluo. Je pensais ne rien ajouter mais peu à peu, un monde animal a commencé à graviter autour. Je travaille longuement sur sa ride du lion, toujours sous tension, sur la minuscule cicatrice à moitié cachée dans le sourcil. Sur ses grains de beauté et sa barbe grisonnante. Et ses yeux, bien sûr, qui me sourient, malgré un air renfrogné. Que ce soit vrai ou faux, peu m'importe, quand je suis devant le tableau, j'entre en contact avec lui. Victor Hugo communiquait par les tables, moi, je communique par les tableaux. Ses yeux me parlent, je sens la chaleur de son sourire. Il m'entend. Où es-tu ? Que se passe-t-il ? J'effleure sa petite cicatrise au niveau du sourcil. J'ai des cauchemars où il apparaît dans une maison abandonnée et mon ventre se serre et je le perçois, étendu par terre et je sais qu'il est mort et je m'agenouille à côté de lui et je l'embrasse et le secoue et l'embrasse et je le frappe pour qu'il revienne et je lui crie dessus, reviens, reviens et il a les yeux qui fixent le vide et il ne me répond pas. Et je me mets en colère à cause de ce temps perdu où il refusait que l'on se voie. Pour me protéger, m'avait-il dit. Encore le principe de précaution qui nous empêche de vivre pleinement. Je le regarde et je lui confie le fond de ma pensée, qu'il n'a pas le droit de mourir mais même avec son sourire, je ne suis pas rassurée.

J'ai également commencé un portrait cloné de Palantir, pour saisir son regard. Peut-être que la distance m'aidera. Là aussi, j'ai la sensation de m'approcher de lui, hélas et la communication que j'ai avec lui est loin d'être apaisante. Je l'interroge. La Covid, le télétravail, la consommation et les échanges sociaux en ligne, la société mise en arrêt. La Covid doit t'arranger… Tu vends désormais des algorithmes à tour de bras. Les usines de robots tournent à plein régime. Tu récupères tellement de données numériques, pas un seul destin sur Terre ne t'échappe. Et puis le monde est transformé en laboratoire d'expérimentation. Le pouvoir t'appartient. Que vas-tu faire de ce pouvoir ? Quelles sont tes intentions ?

Mon téléphone vibre, le secrétaire de Caltech est à l'autre bout. Effectivement, Achille n'était pas là. Sa voiture était garée devant le garage. En vérifiant son dossier administratif, il a vu qu'il y avait une demande de mise en disponibilité mais il n'a pas retrouvé l'original.

Vous avez seulement une version numérique ? Elle n'est pas signée ? La raison est-elle indiquée ?

C'est juste noté pour convenances personnelles. Ce qui me paraît bizarre c'est que ce document a été ajouté dernièrement. Je vais faire ma petite enquête et je vous tiens informée mais avec ce document dans son dossier on ne pourra pas faire grand-chose, on ne dispose pas de la légitimité nécessaire pour contacter la police. Je vais voir avec ses étudiants. Je peux leur donner votre email ? De toute façon, je vous tiendrai au courant.

Je suis persuadée qu'Achille affronte un problème grave, assez grave pour qu'il ne puisse me contacter. Il a disparu, il a dû être enlevé ou pire… Non, je ne peux pas penser ça. Non. Il n'est pas mort. Il n'est pas non plus en train de se cacher et il n'est pas en voyage. Mon intuition me dit qu'il est retenu contre sa volonté et quelqu'un doit être impliqué. Jamais il ne m'aurait laissée comme ça, sans nouvelles. Et il se sentait surveillé. Et pourquoi cette note qui indique une mise en disponibilité non signée ? Qui l'a ajoutée ?

Supporter le confinement est beaucoup plus dur maintenant. Je devrais être à Los Angeles et rechercher Achille. Me rendre à sa maison, poser des questions aux gens qu'il connaît, aller dans les endroits qu'il aime. Entrer éventuellement chez lui pour fouiller ses affaires, trouver des pistes. Non seulement on me dépouille de mon temps de vie et sans solliciter mon point de vue mais en plus, quand j'ose une contestation, on me demande pourquoi je ne veux pas sauver des vies. Que mon existence soit anéantie ne représente rien. L'amour n'est plus essentiel. Et ma libération dépend du comportement des autres. Mon sort dépend de la façon dont le gouvernement va s'organiser. Des conseils qu'il choisira d'entendre. Je reverrai Achille si mon voisin, le poissonnier, les gamins qui se réunissent sur la place en bas, le flic qui vérifie les attestations de déplacement respectent les gestes barrières, si le ministre de la Santé se donne les moyens de faire appliquer scrupuleusement les restrictions. Je suis prisonnière de l'interconnectivité et de la réaction en chaîne. Je n'ai jamais eu peur comme aujourd'hui. Je dépends des autres et de leur manière de considérer ce qui est important et ce qui ne l'est pas. Quand j'observe l'état général de l'esprit humain, j'ai envie de hurler, ou de tuer quelqu'un, ou de les tuer tous. Comme ça. Fuck the world. Fuck you. Pour faire sortir la rage de mon corps. Pour que leur vision ne m'affecte pas. Pour que je puisse à nouveau être libre. Libre, surtout, d'eux. Les autres. Et leur vision de la vie. Libre d'eux.

D'une certaine manière la démocratie se heurte à ses limites et à sa définition antidatée. Peut-être faut-il redéfinir ce qu'elle représente, en incluant dans l'équation qu'un temps quantique commence, tout est et n'est pas, simultanément. L'incertitude plante ses racines dans le sable désormais mouvant. La conscience que j'ai de m'enfoncer dans un doute perpétuel me noue le ventre d'appréhension. Peu importe. Achille a disparu. Je dois déclencher une enquête. Je ne peux pas attendre comme ça, passivement. Je dois attirer l'attention sur sa disparition, trouver le moyen de le rendre visible. Pour qu'on ne me demande pas à quel titre je m'en mêle.

Pour faire de l'exercice, je marche de long en large, je fais des abdominaux, des étirements, je travaille mes muscles. Je profite de mon droit de sortie d'une heure chaque jour pour faire mes courses ou prendre l'air dans le bois de Vincennes.

Achille me sourit. Que penses-tu de ça, que quelques heures suffisaient pour fermer les portes de la planète ? Ici, on est emprisonnés. C'est fou que le monde ait pu s'effondrer si vite. Plus rien ne fonctionne. Et toi ? Où es-tu ? Je ferai tout ce que je peux pour te retrouver. Pour avoir de tes nouvelles. Et je pense avoir une idée. Tu te souviens d'une promenade en ville, où l'on s'était arrêtés devant des muraux ? Tu m'avais demandé si j'en faisais. J'avais affirmé que non. Pour quoi faire ? J'avais le choix des galeries, des murs en intérieur, des toiles exposées à la vente et présentées dans des catalogues. Les artistes de rue aimeraient être à ma place. Tu avais ri de moi. Ça t'irait bien de faire ça, tu m'avais dit. Et tu as raison et c'est exactement ce que je vais faire. Je vais descendre dans les rues et je vais exposer ta disparition, je vais te rendre visible et, avec un peu de chance, intouchable. L'art vif, l'art incontrôlable, des murs qui hurleront ton nom partout, voilà ce que je vais faire pour te retrouver. L'art sauvera notre histoire et nous empêchera de faire naufrage.

Les médias crachent les nouvelles. C'est une escalade d'informations et on avale tout, absolument tout. Il faut sauver des vies, quoi qu'il en coûte. J'aurais préféré qu'ils disent qu'il faut en finir avec le virus, quoi qu'il en coûte. L'humain semble l'avoir emporté sur l'économie mais j'ai du mal à le croire. Les gouvernements à travers la planète ont saisi notre liberté pour mieux contrôler le virus, pour notre bien, pour nous sauver. Les médias le répètent à l'infini. Sauve ton prochain. Ton souffle est devenu une arme. Tu parles à quelqu'un et tu le tues. Mais quand va-t-on nous libérer ?

Si seulement ça n'avait pas été aussi prévisible. Le pouvoir a fait le pied de grue depuis longtemps, en guettant le moment favorable pour déployer toute une stratégie favorisant la transition vers une société augmentée. Le virus est arrivé. Il s'avère idéal puisqu'il fournit aux gouvernements le prétexte nécessaire pour remplacer l'homme par des robots, moins chers et qui ne cessent jamais de travailler et qui ne se feront pas infecter. Tout va vite en ce moment, Achille. Si vite. Et cet inconnu droit devant, il fait peur. Imaginer un monde chaotique qui évolue autour d'un petit noyau bien nourri, à l'abri derrière des murs relève désormais d'une possible réalité.

J'examine les chiffres, combien de gens ont été contaminés, combien sont morts. Les médias ont mis la loupe sur chaque cas et accroissent le dramatique de la situation. Je pince mon bras et me demande quand je me réveillerai en me disant que c'est un mauvais rêve. Le principe de précaution est passé en mode hystérique et a pris le contrôle. Comment sortir de là ? Ça modifie notre perception de ce qu'on attend de la société. Le virus est sérieux. Il est essentiel de protéger les plus faibles. Mais quelque chose me chiffonne. On ne nous a pas demandé notre avis, on nous a juste incarcérés, nous ordonnant de sacrifier notre vie pour sauver des personnes qu'on ne connaît pas. Et on a tous accepté. Un murmure mécontent traîne dans la rue. On meurt de toute façon, disent les uns. Quand on est de constitution fragile, qu'on soit obèse, vieux ou avec un système immunitaire défaillant, on est exposé, disent les autres.

Étonnant, l'improbable et subite générosité et l'humanisme dont font preuve les gouvernements à travers la planète. Je voudrais y croire mais j'ai du mal.

Tu m'avais parlé de tout ça, Achille, le chômage gigantesque dû aux algorithmes et à la robotisation, prêts à envahir le marché. Un chômage irréversible est en attente. Comment dire aux gens qu'ils ne vont jamais retrouver du travail ? Le moyen pour que l'ajustement se fasse n'a jamais été pris au sérieux. Et si les États ne peuvent pas assurer un salaire ni un chômage pour tous ? Les tensions sociales à venir seront du jamais-vu, une lutte pour la survie. Tu as raison, Achille. Les gens ne rejettent pas les progrès technologiques mais ils sont inquiets de leur propre avenir. Les manifestations s'étaient multipliées sur toute la planète. Avec le virus, on s'est gratifié d'une excuse parfaite pour accélérer la mise en place de l'automatisation de la société pendant que les gens sont confinés chez eux. Tout paraît si évident, finalement si simple. Et comment ne pas se poser ces questions ?

Je n'arrive plus à m'arracher des griffes des informations. Je traque les nouvelles comme un chasseur avide de trophées. Quand vont-ils ouvrir les frontières ?

Je reçois des messages et des coups de fil. Je ne réponds pas. Je n'en ai pas envie. Être réduite à cette non-existence, ne plus détenir le droit à ma vie, à choisir selon mes désirs, m'est insupportable et j'ai des accès de violence, de colère, de fureur. Mon corps et mon âme n'appartiennent ni à la politique ni au peuple. Et je veux moi-même décider si je veux, ou non, sauver la vie des gens. Je ne peux pas embrasser le sort du monde, je ne peux pas tous les aimer, ni les sauver, ni les aider. On ne s'est pas embarrassé de mon opinion.

Mon médecin m'a donné un traitement antidépressif, version allégée. Il voit bien que je suis à deux doigts d'exploser. Je sais désormais que je pourrais tuer quelqu'un. Je ne veux pas en arriver là et j'avale ma pilule tous les jours. Je fais au mieux. Mais là je suis en colère et je vais le taguer, je vais larguer des bombes de couleurs et de mots sur les murs et expulser cette rage qui remue mes tripes, mes entrailles, qui s'enroule en moi tel un serpent, je vais offrir ma colère et ma rage à tous ceux qui s'en fichent, qui disent que ce n'est pas grave, qui disent que c'est cool, avec le temps, on verra. Parce que vous ne savez pas ce que c'est, la rage de vivre ? La rage de l'amour ?

J'écris sur les murs. Ma décision est prise. Je ne sais pas où il est, et il ne répond pas à mes emails, alors j'écris sur les murs. Les murs de la ville sont autant de pages à remplir de mes mots et de mes couleurs. Je communique avec toi, Achille, et avec le monde. Peut-être quelqu'un t'a vu, te connaît, sait où tu te trouves, ou a une idée. Je t'écris et j'écris à tous pour que notre histoire soit incarnée dans la pierre, ineffaçable et durable.

La nuit qui tombe fait un clin d'œil à la gravité. Où es-tu, Achille ?

Devant la maison de la radio, assise aussi près que possible de la sortie des journalistes, j'attends derrière une benne à ordures, me retenant de crier pendant qu'un rat passe sur mes chaussures. Il n'est pas pressé, il prend le temps, se comporte presque comme un touriste. Il est gros, trop bien nourri. Je suis assise depuis un bout de temps. Il doit penser que je fais partie des buissons derrière moi. Les médias ont annoncé avant-hier que la ville connaît un exode de rats et qu'il est temps de se poser des questions. De vieilles légendes racontent que les rats quittent le navire qui coule. Quand on voit les rats partir, il faut se préparer au pire. Je me demande ce qu'Achille pensera quand je lui raconterai ma première nuit d'artiviste.

20.

Le bruit de la goutte évanouissant

Il se redresse sur son lit. Le bruit de la goutte a disparu et le silence qui lui succède est insupportable. Il se tourne vers le mur mais ne trouve pas le repos. Il essaie de ne pas écouter, en créant des sons dans sa tête. Il chante, d'abord en murmurant puis un peu plus fort et à la fin, il bondit de son lit et se tient au milieu de la cellule et chante à tue-tête, aussi fort qu'il le peut, il chante à ne plus en pouvoir, jusqu'à l'épuisement. Pourtant ce n'est pas son truc, le chant. Il écrit et c'est tout. Sa voix n'est plus qu'un chuchotement indistinct. Il se sent ridicule et diminué mais il reste debout jusqu'au moment où il manque de s'évanouir. Il s'assoit sur le rebord du lit, remue ses pieds et ses mains pour se donner une impression de présence et il palpe le mur et se parle à lui-même tout en dressant l'oreille à la recherche des bruits. Il éprouve presque un soulagement quand il distingue les pas du gardien dans le couloir. Il est déjà devant la porte quand le gardien ouvre le judas.

Tu es prêt pour ton avocat ? lance le gardien en actionnant l'ouverture.

Oui. Oui, je suis prêt.

Une excitation monte en lui qu'il n'a pas ressentie depuis qu'il est là et il trépigne sur place et se retient de ne pas sauter. Si seulement le gardien voulait bien se dépêcher. Il prend son temps et entrouvre la porte, pas beaucoup, juste assez pour qu'il pense qu'il va l'ouvrir puis il la bloque et parle par l'interstice.

Tu as envie de sortir, hein ? murmure-t-il par l'entrebâillement de la porte.

Oui, il dit, et rencontrer mon avocat.

Il n'aurait pas dû dire ça. Il essaie de se rattraper.

Enfin, je veux dire…

Le gardien ouvre davantage. Bousculer le gardien, rabattre la porte d'un seul coup et courir vers la cour ou mieux encore vers la sortie. Seulement il ne sait pas où est la sortie, il a bien repéré les portes dans le couloir mais ne sait pas laquelle donne vers l'extérieur. Il cache ses mains derrière son dos et les serre l'une contre l'autre. Dans quelques minutes il sera face à son avocat et ils pourront commencer à travailler sur son cas et sa libération. Redevenir libre. Il frissonne. Il s'imagine marcher le long de la plage avec elle. Ou boire un café sur une terrasse à Paris, la ville qu'on aime pour ses défauts.

La porte est complètement ouverte et le gardien s'encadre dans l'entrée. Qu'est-ce que tu attends ? lui dit-il.

Il bondit en avant mais le gardien le rattrape avant qu'il ne franchisse le seuil et sorte dans le couloir.

Où vas-tu comme ça ? Faut faire des petits pas. On pourrait croire que tu essaies de t'échapper. Tu ne veux pas qu'on pense ça, hein ?

Il plaque une main sur l'épaule du prisonnier et l'oblige à l'immobilité.

Tu n'imagines quand même pas que j'apprécie d'être enfermé ici ?

Le gardien le scrute en respirant plus fort. Le prisonnier n'aime pas du tout cette respiration qui s'accélère. Il fait mine d'avancer mais le gardien le tient cloué sur place. Il a l'avantage d'être armé et paré à tous les coups.

Les gardiens ont pour ordre de te descendre. Ils sont armés. On ne pose aucune question et le monde dehors s'en fout de ce qu'on fait ici. Personne ne s'en inquiète. Personne ne le saurait si tu disparaissais définitivement.

Le prisonnier ne bouge plus. Il dit, doucement. Je veux juste de l'air. Et consulter mon avocat. Comprendre ce qui se passe. Je ne sais même pas pourquoi je suis ici.

Tu sauras tout dans quelques instants.

Le prisonnier insiste. Tu sais pourquoi je suis là. De quoi suis-je accusé ?

Le gardien s'écarte en ôtant la main de son épaule et sort son pistolet et le plaque sur la tempe gauche du prisonnier. Marche, il commande, et ferme ta gueule. D'un mouvement brusque, il le projette en avant et la porte en face s'ouvre automatiquement et ils s'engouffrent dans un couloir.

Le prisonnier demande où il le mène.

Dans la cour.

Le prisonnier obéit mollement. Avec un peu de chance, il y aura d'autres personnes dans la cour. Il a besoin de savoir s'il est seul. Il a besoin de lien social. Le gardien le pousse devant lui. Il avance lentement. Il compte les portes, pose des repères dans sa tête pour pouvoir se débrouiller quand il fera noir. En dehors de la respiration du gardien et de la sienne, les pas du gardien et les siens, il n'y a pas de bruit. Si ce sont des cellules derrière les portes, elles semblent vides. Peut-être qu'il n'y a pas de cellules derrière les portes. Peut-être que ce sont des bureaux. Ça lui fait tout drôle de penser ça.

Il y a beaucoup de prisonniers en ce moment ?

Ça ne te regarde pas.

Est-ce que je suis seul ici ?

Le gardien s'arrête. Non. Ne va pas t'imaginer des trucs pareils. Tu n'es pas assez important pour avoir une prison pour toi.

Tu sais pourquoi je suis là, n'est-ce pas ? Pourquoi ne me dit-on rien ?

Il songe au réel ironique, aussi rigide et obscur qu'un algorithme. Ce réel qu'on tient prisonnier dans une perception du réel, une copie mal faite du virtuel.

Le gardien pose sa main sur une porte comme pour l'ouvrir mais il ne l'ouvre pas.

21.

Quand un hibiscus se prend pour un dinosaure, la Terre tourne à l'envers

J'ai droit à une heure de sortie tous les jours. Je ne peux pas m'éloigner de chez moi à plus d'un kilomètre. Dès que je quitte mon appartement, je dois détenir une attestation de déplacement dérogatoire, qui précise mon horaire de sortie. Dehors, les agents des forces de l'ordre les contrôlent. Ils se déplacent en voiture, à pied, à vélo, sur des skates, à cheval puis il y a les drones. La plupart des pays du monde sont confinés.

Incrédule, je lis à nouveau l'email que Palantir vient de m'envoyer, annonçant sa visite. Les frontières sont fermées, l'Europe est confinée et Palantir m'annonce sa visite. Comment a-t-il pu se rendre jusqu'ici ? Je le lui ai demandé par texto mais il n'a pas daigné répondre. Il m'a juste écrit qu'il apportait le portrait et les études pour que je puisse continuer à travailler.

C'est curieux de le voir là, devant ma porte, si américain, habillé avec son polo bleu, ses jeans et ses chaussures de sport. Deux hommes en costume noir l'accompagnent. L'un d'eux porte des rouleaux sous le bras et l'autre a la main posée sur un diable qui transporte de grands cartons. Ils n'arborent pas de masques mais je les laisse entrer. Si vous voulez bien respecter la distanciation, je dis, hésitante. Ils entreposent les affaires contre le mur, à côté de la porte. Palantir leur ordonne d'attendre dans le couloir.

Quand Palantir se retourne et me regarde droit dans les yeux, je dois prendre appui contre une étagère. Il devient subitement très réel. Je déglutis aussi discrètement que possible. Tout à l'heure, j'avais une longue liste de questions mais là, tout de suite, je suis une page blanche. Mon intuition me dit qu'il traduira mon désarroi par de la faiblesse. Il ne doit pas sentir mon stress, ma peur, mes incertitudes. Il ne comprendrait pas à quel point on peut souffrir profondément de cette incarcération qu'ils appellent le *confinement* et je ne veux pas qu'il pense me perturber.

Tu es surprise de me voir ici ?

Les frontières sont fermées… comment avez-vous fait ?

Peut-être qu'il sourit.

Pas pour tout le monde. Je possède des jets et la mention Mission professionnelle me permet d'entrer dans tous les pays.

Son mépris me rebiffe. Ma question était bête. Bien sûr que les interdictions n'affectent pas des gens comme lui. L'incarnation du pouvoir. Un sentiment d'injustice particulièrement puissant me saisit. Achille me manque, je suis enfermée, les avions sont cloués au sol, je n'ai aucune idée de quand je pourrai le revoir et voilà que Palantir se trouve devant moi. Il ne connaît pas la crise. La Covid n'existe pas pour lui. La situation est indéniablement avantageuse pour ses affaires. Il voyage en toute sécurité, sans être dérangé par les touristes, porteurs potentiels du virus. Une peur presque douloureuse me noue le duodénum et l'anse intestinale. S'il n'a pas besoin que les frontières s'ouvrent, elles ne vont jamais s'ouvrir. Qu'elles soient fermées au grand public peut même l'arranger. Ça lui permet de s'occuper de ses affaires sans contraintes, sans interruption. Pas de grève, pas de manifestation, pas de travers juridiques. L'espace est libéré. La technologie qui s'est émancipée de toute entrave est plus nécessaire que jamais. Palantir se fiche de l'impact du virus, comme tous ceux de sa caste. Le désir irrationnel de le frapper, jusqu'à ce qu'il tombe, s'empare de moi avec violence. Ça me démange les mains. Tout mon corps est soumis à ce désir, le frapper à mort.

Il me paraît tout à coup terrifiant, inaccessible parce qu'intouchable. Son attitude hautaine s'affiche sans complexe. Il se prend pour un dieu et de fait, je le vois en dieu.

Ça vous plaît de vous sentir au-dessus des autres ?

Il exhibe ses dents en un simulacre de sourire. Bien sûr, il répond. Tu me parais bien irascible.

C'est que je suis en colère et vous débarquez ici, comme ça.

Je me rends compte que j'expérimente la haine, que je la respire, elle est en moi, féroce et prête à en découdre. La captivité joue sur mes nerfs, j'ai envie de le rouer de coups, lui et son mépris du monde. Palantir dégage un pouvoir insensé, celui que les gens lui ont donné et qui le rend omniprésent, omniscient, omnipotent. Avant la Covid, j'aurais dit *presque*, supposant que ce n'est jamais total, qu'il y a une marge de manœuvre permettant aux gens d'agir et de récupérer leur vie. Mais je ne peux plus dire *presque*. Il est question d'un pouvoir total.

Vous nous aiderez à recouvrer nos libertés ? Nos existences ? Mes questions l'amusent.

Tes cheveux sont en bataille.

Il dirigeait une entreprise et désormais il dirige un monde. Ma gorge est aussi sèche que le désert de Mojave, tellement sèche qu'un scorpion prendrait la fuite.

J'ai tout amené, même l'un de tes chevalets. Les mallettes contiennent tes esquisses et tes pinceaux. Ton bureau, en somme. Il fait un pas de côté pour que je puisse accéder aux cartons.

Je pensais revenir… Ils vont bien finir par rouvrir…

Il hausse une épaule, n'exprime rien. Il sait à quoi s'en tenir.

Avec un cutter, je défais les côtés des cartons et en extrais le contenu. Le chevalet d'atelier. Les études. Le petit marchepied que j'utilise pour peindre la partie supérieure. Le portrait est assez grand, j'utilise une toile de 120F (195 x 130) que je peins verticalement. Il y a aussi le portrait d'Achille qui m'émeut. Pourquoi l'a-t-il rapporté ? Je le pose contre l'étagère.

Palantir fait venir ses hommes qui placent son portrait sur le chevalet. Je leur montre où le disposer. Palantir examine mon salon. C'est petit mais la lumière est belle.

Que vous ayez ramené le portrait de votre bureau n'est pas un problème. Mais vous êtes allé chez moi à Mount Washington… Vous avez pris des peintures qui légalement m'appartiennent et sans mon aval.

Ça me surprend que Cort ne m'ait pas contactée pour me le dire. Il lui a ouvert la porte, il l'a laissé emporter mes affaires. À moins que…

Je me rapproche de son portrait et l'examine de près. J'effleure certains endroits, là où la couche de peinture est plus épaisse, pour sentir la matière, le mouvement du pinceau, comment la peinture s'est posée sur le tableau pour former un ensemble, un visage. Quelque chose de nouveau s'y est glissé. D'autres perspectives. Ma propre situation affecte ma vision et change le tableau. Il me fait peur. J'y lis l'arrivée de la Covid, la fermeture du monde, la toute-puissance technologique qui laisse sur le carreau soixante pour cent de la population mondiale. J'y lis la mort, les restrictions, les muselières. Le chaos pour ceux qui ne travaillent pas dans l'informatique.

Le tableau n'a pas beaucoup avancé, fait-il. Mais maintenant que tu es astreinte à résidence, tu progresseras plus rapidement.

Entre la colère et le désespoir et la perplexité, je me mordille la langue sans articuler quoi que ce soit. Sa froideur est rageante et insultante.

Je reviendrai régulièrement. Que tu travailles ici ou à L.A. ne change rien pour toi.

Mais ils vont rouvrir les frontières bientôt. C'est ce qu'ils disent.

Ils racontent ça pour que les gens restent tranquilles, chez eux. Puis ils vont les ouvrir puis les fermer. Ce sera un monde à deux vitesses, en alternance. Tantôt les uns pourront vivre, tantôt les autres.

Son arrogance est incommensurable. Je bouillonne littéralement et tous les muscles de mon corps sont tendus à l'extrême, prêts à éclater. Cette colère qui irradie à la surface de ma peau et se propage en frissons de dégoût et de frustration… Emmenez-moi. Vous venez en jet privé, vous franchissez les frontières comme s'il n'y en avait pas. Vous pouvez m'emmener en Californie sans problème… Je peux partir immédiatement.

Nichée dans mon désespoir et ma rancune, l'espoir, une petite graine sans laquelle le monde et la vie n'ont aucun sens.

Autour de son nez, son épiderme est sensible, par endroits rouge. Il pèle un peu. Il a le type de peau qu'on n'a pas envie de voir de près, tout comme on n'a pas envie de côtoyer son âme. On a peut-être, ou peut-être pas, une âme, je n'en sais rien mais elle est pratique. Elle permet de nommer ce qui n'a pas réellement de nom, la spécificité non matérielle d'une personne.

Je pourrais, oui. Mais ici tu te concentreras mieux. Il se déplace, se positionne devant le portrait d'Achille. Comme ça tu fréquentes Achille... Dits sur un ton plat et sans émotion, ses mots induisent l'effet d'un couteau dans les mains d'un tueur en série.

En éludant le tableau d'Achille, j'examine le sien. Votre personnalité est difficile à saisir parce que vous jouez à cache-cache. Vous voulez que je vous devine mais sans que vous donniez de vous-même, sans m'aider à vous déchiffrer. C'est plus long. Je l'ai déjà dit. Puis la multiplicité de visages prend plus de temps.

Je sens sa présence derrière moi comme un esprit malveillant. Sa main effleure mon dos. Monte peu à peu. Je me décale d'un pas et pivote. Il plisse les yeux.

D'ici je ne peux pas vous étudier. Emmenez-moi.

Achille est bien ton amant ?

Pas vraiment une question, pas encore une affirmation. Je ne devrais pas être surprise. Son entreprise est numéro un en traitement de données. Il possède des data sur chacun et peut savoir, dans la minute, tout ce qui concerne une personne. Mais il y a autre chose, une nuance dans sa voix, dans son regard... Il connaît Achille, en personne...

Vous le connaissez… Je contiens ma respiration.

Tu ne les as pas lus. Je le savais.

Il a beaucoup écrit. Il avait rendez-vous avec un éditeur. As-tu lu ses manuscrits ?

Vous en savez beaucoup.

Il ne répond pas.

Achille vous a fait quelque chose ? Qui est-il pour vous ?

Il se tait toujours. L'esquisse de sourire sur ses lèvres fines me trouble. Des interlignes, des non-dits, des sous-entendus, des tensions. Comment connaît-il Achille ? Un malaise dans son corps, un agacement peut-être, ou une impatience. Est-ce de la haine que je perçois ? J'ai une drôle de sensation dans le ventre. Je ne sais pas pourquoi. Puis je sais. Palantir me fascine.

J'ai créé un miroir qui révèle ce que vous-même ne voyez pas. Ça vous dérange parce que vous savez que je dévoile ce que vous voudriez tenir enfoui plus que tout…

Tant de clichés. Les artistes devraient garder le silence et le mystère de leur œuvre. Mais pourquoi ai-je commandé ce portrait ? Et pourquoi exiger que tu le termines ? Il serait plus commode de le faire disparaître. Ou d'annuler la commande.

Vous savez parfaitement bien qu'en faisant disparaître le tableau, vous me libérez du contrat. Je serai libre de peindre des séries de tableaux de vous. Je serai libre de les afficher partout sur la planète. Mais surtout, vous aurez perdu.

Perdu quoi ?

Le contrôle sur moi. Et donc sur les autres.

Tu te flattes. Tu crois vraiment avoir de l'influence sur moi ?

Qui est Achille pour vous ? Vous l'avez vu dernièrement ?

En deux pas, il est à mes côtés et il se penche sur moi, si près que son nez me touche et il plaque sa main sous mon menton et élève mon visage vers lui. Sa main se pose autour de mon cou et il le serre en me regardant dans les yeux et il m'évalue pendant que son autre main descend le long de mon dos…

22.

Un canevas à la mesure de l'espace

J'attends minuit avant de sortir. Depuis que le couvre-feu a été instauré, peu de voitures circulent. Les bistrots, les cafés, les restaurants, tous fermés. Le trafic du métro et des bus est réduit de moitié. Paris, ville silencieuse et vide. J'ai pris le vélo que Laurence, l'une de mes voisines, m'a généreusement offert et emprunte les ruelles et les allées pour éviter la police. Les patrouilles ne sont pas compréhensives. Un livreur Uber Eats qui apporte des repas à domicile s'arrête à hauteur d'un taxi. Seuls les sans-abri, dealers, flics, quelques putes mâles et femelles sillonnent ce désert urbain où la misère grouille, jamais au repos, jamais confinée. Les sans-abri errent dans ces rues vides, parlant à haute voix, criant par manque de réponse pour se convaincre qu'ils ne sont pas abandonnés. Pestiférés à cause de la Covid, portant des masques récupérés dans les poubelles, ils sont isolés dans un vide sanitaire, ce nouveau pays qui se situe aux confins de tout espoir.

La nuit, la ville appartient aux freaks. Les dealers, les obsédés du sexe, ceux qui n'ont pas le choix se croisent, se battent, se détestent. Tous ont peur de cette vie sans lendemain, coincée dans le présent.

Habituée aux larges boulevards de Los Angeles, ceux de Paris me semblent étriqués. Plus élégants, plus artistiques, avec leurs plaques de rues qui esquissent l'histoire de France, ils procurent une étrange sensation d'intimité mais également d'immobilité et d'étroitesse et de limites trop vite atteintes. L'urbanisme parisien se traduit par une logique qui s'est construite sur des décennies, en fonction des besoins du moment et des modes successives. Los Angeles suit des tracés carrés, des lignes droites et offre le plus de confort possible pour favoriser des déplacements rapides. Une ville efficace, faite pour gagner de l'argent, pour maintenir un flux constant. Et pourtant, Los Angeles est délirante, avec ses décors de cinéma qui s'intègrent dans le quotidien de ses habitants, aussi déjantés que la ville.

J'examine les bâtiments des deux côtés de l'avenue Hoche et vérifie la présence ou non de caméras, dans quelle direction elles pointent pour protéger l'avenue sobre et discrète qui abrite des fortunes. Les bureaux de Palantir se situent ici. Je veux voir si une provocation directe mènerait vers Achille. Étrangement, Palantir savait pour ses manuscrits et surtout pour son rendez-vous avec un éditeur. J'ajuste ma casquette en l'enfonçant davantage sur les yeux. Je palpe les murs de mes doigts, parfois de la paume de ma main. J'aime sentir leur porosité, leur grain, deviner où ils s'écorcent, pourrissent, s'égrènent et je vois où des intempéries posent leurs marques, les traces de l'atmosphère, où ils se fendent ou s'effondrent ou éclatent parce qu'il y a eu des tassements à cause des tremblements du sol d'où naissent des irrégularités. Découvrir les défauts cachés et tomber sur des plantes qui se sont enracinées dans les joints, des petits ventres ou des sortes de vagues suite à des infiltrations d'eau. Le mur doit être à peu près sec, sans écaille et régulier pour fixer le pochoir. Sinon, à cause des bulles d'air, la peinture risquerait de couler.

L'art mural n'est pas tout à fait légal. Aussi, la rapidité compte. S'il arrive que les brigades propreté de la ville laissent le graffiti, les habitants par contre se pensent la plupart du temps les anges gardiens du quartier qu'ils protègent en appelant la police. Dans un quartier comme celui-ci, je n'ai que peu de temps avant qu'une équipe débarque.

Pour travailler vite et ne pas se faire prendre, il existe diverses méthodes. Moi, j'ai choisi la technique du pochoir, qui permet de tout préparer à l'avance. Je trace le dessin et les lettres sur une feuille de plastique ou un carton et j'évide les zones que je veux peindre. J'encolle la feuille de plastique avec une colle repositionnable et la plaque sur le mur et je pulvérise ensuite de la peinture. Je récupère le pochoir et le réencolle à proximité mais en utilisant des couleurs différentes. Je crée une forme d'écho en multipliant le pochoir sur le même mur.

Entreprendre une pièce d'art sans une commande préalable est une activité époustouflante. J'avais oublié cette excitation, s'infiltrer par les interstices pour imposer un art que personne n'a demandé, la confiance hésitante et convaincue que l'on a en sa main d'artiste. Penser son art essentiel et nécessaire. La ville offre une possibilité artistique, celle de travailler un canevas grandeur nature, accroché à la galerie des rues. Je me ressaisis de ma liberté et m'harmonise avec cette nature qu'ont créée les hommes et je pirate la place pour la transformer en univers artistique. Je fais partie des entrailles de la ville et de sa vie souterraine et je fixe ma question là où je le veux. Tout dépend de mon choix. Je m'approprie l'espace et le libre arbitre. C'est important en tout temps mais avec les confinements et les couvre-feux et le système quasi totalitaire qu'a imposés le gouvernement, ça me semble fondamental. Chaque fois que je fais un pochoir, j'affirme mon droit à la liberté. Déclarer son droit à la liberté est jubilatoire.

Le mur en tant que support de communication est désormais essentiel car ce qui est exposé n'est pas sélectionné en fonction d'une seule personne. Les données transmises, que ce soit une image, une publicité, un tag, sont les mêmes pour tous ceux qui passent devant. Adopter un angle particulier d'une chose ou d'une idée et la fournir à une personne parce que l'angle ou l'idée s'accorde à ses goûts représente une forme inédite de censure dont Internet abuse quotidiennement, en déterminant quelle information sera partagée avec telle personne. Nul ne dispose jamais de la même information et n'accède aux idées en contraste avec les siennes. Une œuvre d'art est la même pour tous ceux qui la regardent. Même si personne ne la perçoit de la même manière, il existe malgré tout un tronc commun. Communiquer, c'est dire quelque chose à quelqu'un mais qui dit que l'information est uniquement une question d'actualité et de faits ? Internet ajoute de la vitesse mais d'autres moyens d'expression existent, les murs, l'art, la littérature. Le fait, tout simple, de se parler. De s'écouter.

Mes doigts palpent et glissent sur la peinture par endroits écaillée et la chaleur du mur s'imprime dans ma paume. Un mur est énigmatique. Il s'imprègne de la vie, l'absorbe d'une certaine manière pour la garder en lui. Je me demande ce qu'il en pense de cette vie. Le monde vu par un mur... Un peu plus haut, je trouve le coin parfait. Je pose mon vélo contre un arbre et ôte le sac à dos de mes épaules endolories.

Il est très lourd. Je laisse tomber le sac devant moi. L'avenue est complètement déserte. Dans la journée, elle est modérément animée, des fournisseurs, des camions de livraison, pour ne pas oublier les gens qui travaillent dans les bureaux, ceux qui nettoient ou qui maintiennent l'ordre, les sans-abri de passage et ceux qui passent par hasard ou pour y rencontrer quelqu'un. Je n'ai jamais connu Paris sans touristes. Ils me manquent. La liberté de mouvement, de voyage, me manque. Ce brassage de gens de tous les horizons qui se mélangent me manque. Ils prennent des photos et les postent sur les réseaux sociaux. C'est comme ça qu'une signature devient visible puis reconnaissable, c'est quand elle se multiplie sur la toile pour devenir virale. Incontrôlable, on ne peut pas l'arrêter, ni l'effacer, ni la contenir. Ne jamais omettre la signature. Elle établit le lien entre les collages. Un artiste que j'apprécie, Zanac le Décanteur, qui partage ses travaux sur les réseaux, pose toujours la sienne en haut à droite sur le pochoir, pour qu'on ne la rate pas.

Un bruit me fait sursauter. Ce n'est pas menaçant mais la nuit est tellement silencieuse que le moindre son paraît intrusif. J'attrape le sac à dos, et me prépare à courir. Un couvercle de poubelle, peut-être. Ou une porte. Peu probable, les portes ont toutes un système de ralentissement et n'émettent qu'un petit clic. Je me concentre. Non, il n'y a personne. Ça devait être un chat. Ou un rat. Je frissonne en pensant au rat de l'autre jour. Peut-être est-ce un chien. Ou plus probablement un être humain.

Je me glisse derrière un arbre et attends. Des pas sur ma droite qui viennent dans ma direction. Ma cachette n'est pas idéale mais si je reste immobile, on ne me verra pas. Les pas s'arrêtent tout près. J'avance la tête et distingue un homme penché sur mon vélo. J'oublie le confinement, le couvre-feu, le silence des rues vides, l'absence des gens. Laissez mon vélo tranquille. Le son de ma voix aiguë tranche à travers le silence à la manière d'un sabre dissonant. Le type se redresse et avant que j'aie le temps de penser, mais quoi, il m'a plaquée contre l'arbre. Et si ton vélo m'intéresse ? Indéniablement je n'y pourrais pas grand-chose. C'est sûr, je murmure. Il n'a pas l'air dangereux mais encore, comment reconnaître un homme dangereux ? Alors, comme ça on se promène toute seule dans les rues ? Tu n'as pas peur ? À sentir son haleine, j'en déduis que ce n'est pas forcément un sans-abri. Accessoirement, il a accès à une brosse à dents. Ça ne me rassure pas nécessairement. Je hoche vaguement la tête pour indiquer que oui, j'ai peur. Une voiture s'approche. Je m'agite, essayant de me libérer de son étreinte. Je ne te ferai pas de mal, me dit-il dans mon oreille. Mais arrête de gigoter. La voiture disparaît. Il me relâche. Fais gaffe à toi. Te promener seule dehors est imprudent, surtout en ce moment. Tu as eu de la chance aujourd'hui. Les loubards sont plutôt énervés à cause de ce qui se passe. Fais attention. Et il est parti.

Après quelques minutes de récupération, je m'agenouille devant le sac à dos, l'ouvre et sors son contenu, mes bombes de colle, celles de peinture et mes pochoirs. J'encolle grossièrement le dos de l'un d'eux et le plaque sur le mur. Puis j'attrape une bombe de peinture et vaporise le plus uniformément possible le pochoir. Je sors un autre pochoir, où j'ai dessiné un décor, que je positionne sous le premier et je pulvérise plusieurs couleurs. Je réitère les mêmes gestes à cinq endroits différents sur le même mur. Puis je décolle le pochoir pour la dernière fois, l'enfouis dans mon sac et recule de quelques mètres et sors mon téléphone portable et réalise quelques photos sous tous les angles imaginables.

Où es-tu, Achille ? La phrase émerge d'un amas de fleurs sauvages de couleurs fortes et elle se tient debout comme sur un abîme qui se trouve derrière des barreaux gris, surmontés de piques. Une main ensanglantée pend sur l'une des piques. *Où es-tu, Achille ?* écrit en rose fluo, telle une traînée d'angoisse et de menace, saupoudrée de pensées généreuses et bonnes...

23.

Les fantômes chassent les mouches afin de sauver la valeur algorithmique de l'amour

Depuis quelques jours je consigne tout dans un dossier qui devient aussi mon journal intime. J'y note mes préparatifs, mes repérages, mes affichages dans la rue, ma relation avec Palantir. J'ai ajouté les essais d'Achille, avec, parfois, mes commentaires. Je t'écris mon quotidien, Achille, pour te tenir au courant, pour que tu saches où j'en suis, ce que je fais. Les conséquences de ce virus risquent d'être violentes. Difficile de prévoir comment la société évoluera. Quel type de chaos peut se déclencher. Peut-être que tout continuera comme avant mais ça me semble peu probable.

J'ai pris soin de travailler hors connexion, sur l'ordinateur qu'un ami m'a prêté, et mon imprimante scanner n'est pas reliée au wifi. Peut-être suis-je devenue paranoïaque mais je préfère prendre toutes mes précautions. On ne sait pas de quoi sont capables les technologies innovantes. Et Palantir. Il connaît l'existence de ces textes. J'ai stocké ces données sur des clefs USB.

J'ai remis une clef à Aurélien, un éditeur punk que connaît Guillaume et en qui il a absolument confiance. Aurélien est un rebelle romantique qui vit dans un réel fictif, ou une fiction réelle. Il n'a pas encore tranché mais il est très attaché au concept du réel, m'a-t-il expliqué. Aurélien a accepté de me rencontrer en dépit des restrictions.

Si j'ai bien compris, je conserve cette clef USB et si jamais tu disparais, j'édite les manuscrits et je fais parvenir tout le dossier à la presse. Et pourquoi ne pas le leur envoyer tout de suite ?

Je secoue la tête. Je ne suis pas sûre qu'Achille le voudrait puis, pour l'instant, je n'ai qu'un vague soupçon, basé uniquement sur une intuition.

Tu aurais pu donner la clef à Guillaume.

Oui, j'aurais pu mais Guillaume serait vite dépassé en cas de crise.

Comment savoir si tu as disparu ? Je ne te connais pas.

Sous peine de paraître excessive, je t'enverrai un message tous les vendredis, juste un bonjour.

Aurélien se marre. Achille, hein ? Et ces phrases sur Achille qui apparaissent sur les murs en ce moment, elles sont de toi ?

J'ai lu tous les textes d'Achille, il y établit des liens entre les événements de ces dernières années et, sans tomber dans des conspirations, il ouvre les portes aux vrais problèmes. On y voit plus clair. On sait quelles questions poser. Quoi exiger pour sécuriser nos existences. En effectuant des recherches pour mieux comprendre ses idées, je me rends compte de l'importance que certains passages peuvent prendre au niveau mondial et des répercussions qu'ils susciteraient dans les médias. Pourquoi ces barrages aux questions dressés par les dirigeants d'entreprises et par les hommes influents et politiques. Les entreprises technologiques ne voient pas d'un bon œil que soient révélés les codes sources des algorithmes de reconnaissance faciale, ou que soit imposée une réglementation de collecte éthique des données concernant les modèles de langages et les perroquets stochastiques. Elles n'apprécient pas qu'une exposition argumentée de leurs besoins voraces de données gratuites qu'elles volent sur les réseaux sociaux et qu'elles s'octroient par un chantage subtil d'accès à un site par l'acceptation de cookies soit menée. Elles font tout leur possible pour garder secrètes les balises de plus en plus opaques des algorithmes qui créent un système d'exclusion, avec de vraies conséquences dans la vie des gens. Des données biaisées fournissent des résultats biaisés et le tout est véhiculé par l'intelligence artificielle qui remplace des gens sur des postes clefs. Nombreuses sont les décisions qui sont désormais prises par l'intelligence artificielle, par un logiciel dont la boîte noire est secrète. Non seulement l'I.A. manipule nos opinions et notre vision du monde à travers les portails de recherche mais en plus, elle décide de notre survie et peut ouvrir ou fermer des portes à n'importe quel citoyen. Et cela sans aucune surveillance, à part celle de l'entreprise privée. Dans l'un de ses textes anciens, Achille a notamment évoqué la possibilité de l'utilisation d'un virus pour imposer définitivement la technologie. *On peut facilement imaginer comment un monde confiné pourrait ouvrir la voie à l'élimination de l'humain sur le marché du travail*, avait-il écrit. De quoi mettre de l'huile sur le feu déjà allumé par les conspirationnistes. On peut légitimement se demander si, sous les idées farfelues des complotistes, il n'y aurait pas un fond de vérité, suffisamment ancré pour que cela vaille la peine de s'interroger.

Quoi qu'il en soit, extraire l'essence d'une question est quasi impossible puisqu'elle est enterrée sous une couche épaisse de mensonges et de fake news.

De ma fenêtre je scrute continuellement l'esplanade en bas. J'y consacre trop de temps. Cet emprisonnement est insupportable. La manière dont ils ont saisi notre avenir pour nous maintenir dans un présent sans fin et sans finalité est épouvantable et hélas, la prison la plus sûre qui soit. La situation a un quelque chose de grandiloquent, si hollywoodien, et pourtant, la réalité est bien plus triste. Je suis fragile et vulnérable. L'étau d'un genre de totalitarisme s'est emparé de moi et m'a réduite à une impuissance absolue. Et je suis là, à contempler le monde par ma fenêtre. Comment ne pas se poser des questions.

J'évite les gens. Ce n'est pas le moment de se faire remarquer. Cette impression que j'ai de la société comme d'une unité totale vient finalement autant des gens que des décisions politiques.

Mes écrits urbains, ou mes pochoirs, circulent sur Internet. Ils sont repris, déclinés, détournés de toutes les manières possibles. Vidéos, mèmes Internet, hyperliens, hashtags, photos retouchées ou remontées autrement se propagent dans toutes les langues. *Où es-tu, Achille ?* se répercute en écho. Il paraît sur des murs surprenants partout sur la planète. L'escalade a été tellement rapide, de Paris au monde entier en un clin d'œil. Je ne sais pas pourquoi. Parce qu'il ne s'agit pas de politique, ni de maladie mais d'amour ? Retenu aux frontières, l'amour est classé non essentiel mais l'amour est un espoir, l'amour est la vie. Des brèves apparaissent dans des émissions à la télévision et à la radio. Des articles sont consacrés à mes fresques. Les téléspectateurs oublient de consulter les chiffres de la Covid pour rêver de cette histoire impossible, digne de Roméo et Juliette et qui se joue à travers la planète en temps de Covid. Personne ne peut incarcérer les rêves.

Mais.

#NonewsfromAchille. Je tiens les internautes au courant par les réseaux, surtout Instagram et TikTok. J'ai réalisé un nouveau pochoir que je compte coller ce soir et je l'ai annoncé comme une performance illégale. J'avoue m'être inspirée de Banksy et de ses devinettes qui font courir les gens à travers les villes.

J'examine le portrait de Palantir. Il a changé de couleur, il semble voilé d'un gris métallique… Pourquoi la couleur a-t-elle viré ? Quelque chose manque dans la nuance du visage. Ou peut-être est-ce une dureté qui s'est ajoutée…

Tu n'aurais pas dû.

Je répète mécaniquement. Tu n'aurais pas dû… Pas dû quoi ? Qui me parle ? Je me ressaisis. Je n'ai pas peur des fantômes. Ni des esprits revenus de je ne sais où. Ni de mon imaginaire qui me joue souvent des tours. Est-ce que j'y crois, aux fantômes ? Est-ce qu'on y croyait, au Moyen Âge, aux ordinateurs ? Bien sûr que je crois aux fantômes. Ils sont rassurants et l'idée qu'ils n'existent pas me rend triste. D'une certaine manière, on impose une limite aux possibilités du réel quand on nie leur existence.

Je n'aurais pas dû mais je l'ai quand même fait, je dis à voix haute en bombant le torse. Je discerne ma propre voix. Mal assurée mais sans me dégonfler, j'ose une question.

Qu'est-ce que je n'aurais pas dû faire ?

En me retournant, je trébuche et tombe à terre.

Le sol vibre. La fête clandestine au premier étage fait trembler la maison. Il faut que tu viennes, tu es de la famille, m'a dit le voisin mais j'ai préféré m'abstenir. Si je dois rester confinée, que ce soit pour ne pas me refaire confiner. Et ma liberté me manque assez pour que je fasse le nécessaire afin de la récupérer.

Si le murmure s'explique par la vibration du sol, il en va autrement pour le changement de couleur du portrait de Palantir, qui a modifié les traits de son visage.

Restant allongée sur le sol, je roule sur moi-même pour me focaliser sur le portrait d'Achille. Je t'en veux encore pour cette décision que tu as prise sans me consulter. Je suis toujours en colère. Le jour où j'ai su que je t'aimais a été le plus compliqué de ma vie. Un simple sentiment, décrié comme une illusion fantasque ou de l'espoir naïf d'un rêve d'adolescent, et qui arrache le cœur et se soulève en une mer en colère, brûle telle une torche et calcine chaque cellule, jusqu'à ce qu'il n'y ait plus rien, un simple sentiment insistant d'incomplétude qui se transforme en complétude pour être perpétuellement deux en un. L'amour, le territoire du cliché, entraîne une douleur atroce, un sentiment insoutenable sans lequel la vie n'en vaut pas la peine. On le désire et le fuit et l'appréhende pour une fin souvent banale. Par moments je me demande s'il n'est pas simplement parti parce qu'il ne voulait plus de moi, parce qu'il voulait poursuivre sa vie sans moi et qu'il n'avait pas su me le dire. Ce ne serait pas une première. Les hommes qui éludent le fin mot de l'histoire se comptent par millions.

Je t'en veux parce qu'on se retrouve au cœur d'un lieu commun, piégés dans une banalité affligeante. Mais elle est merveilleuse, cette douleur. Elle engendre sa part de méchanceté. L'amour n'est jamais cliché. L'amour n'est pas pour les faibles et n'apporte pas le bonheur. Quand quelqu'un me dit exactement ça, que l'amour est un poncif, que des histoires d'amour traversent l'histoire et qu'elles se ressemblent toutes, je me fâche et lui fais tâter un coup de grand froid d'Alaska ou du Groenland, et je lui dis mon sentiment profond, que l'amour est subversif et redoutable et que si le système économique a autant œuvré pour le faire disparaître, pour le remplacer par un désir d'émotion fade et fongible, ce n'est pas pour rien mais parce qu'il n'y a pas d'arme aussi puissante que l'amour, que jamais aucun homme ni aucune femme ne se serait jamais élevé contre l'injustice, contre l'inégalité, contre la domination, si ça n'avait été pour et par l'amour. Jamais aucune révolution n'aurait eu lieu. Il est vital de découvrir l'essence de l'amour, son algorithme, ses chiffres et sa structure. Cette connaissance crée de la force. Je me dis que l'amour rend valeureuse une bataille et qu'il n'y a pas à avoir honte d'attribuer de la valeur à l'amour.

Je reste couchée. Le murmure vient de tous les côtés… *Va toujours plus loin… Tu ne vas pas assez loin…*

24.

Le chameau observe l'univers dans l'espoir de trouver une planète amoureuse de l'art

Il est près de vingt-trois heures et le couvre-feu a commencé à dix-huit heures. Des livreurs circulent sur des vélos et des scooters et des sans-abri rôdent dans les rues désertes avec des rats plus audacieux et des chats flegmatiques. Paris est devenue une ville fantôme, à l'ambiance surréaliste et inquiétante, une ville dont la vie et l'âme ont été extraites pour laisser une enveloppe vide mais chargée d'histoire.

J'ajuste ma casquette et mon masque et remets mes lunettes, faisant attention à être hors balayage des caméras de sécurité. Les grands magasins du boulevard Haussmann sont dotés d'un système de vidéosurveillance probablement très performant et la reconnaissance faciale nécessite peu d'éléments pour reconstituer l'ensemble. Même masqué, on est identifiable. J'ai bombé ma fresque sur la façade à hauteur des passants sur l'une des banques en face des Galeries Lafayette. Une foule d'une trentaine de personnes qui regardent droit devant elles, portant toutes une muselière. À leurs pieds, une phrase. Au-dessus d'elles, un nuage de mots qui s'échappent comme des ballons. Qui ? Où ? Pourquoi ? Comment ? Qui t'a fait taire, Achille ? Qu'as-tu dit pour qu'on t'empêche de parler ? La fresque est colorée de noir et de gris et par endroits, j'ai peint des traînées orange en contour. J'attrape mon téléphone dans le fond de mon sac et prends des clichés pour pouvoir multiplier l'impact sur les réseaux. Je n'aurais jamais cru qu'un jour, je serais une artiviste et une faiseuse d'art clandestin, en évitant des caméras de surveillance.

Mon opération n'a rien de politique et pourtant rien n'est plus politique que ça. Mon être exhale une déclaration de la liberté. Dans les médias, on me nomme *l'Amoureuse*. Un journaliste zélé qui a voulu se montrer malin a respecté les nouveaux codes. *L'Amoureu.x.se*. Ça me va. Mon combat est entièrement dédié à l'amour, à mon amour. Un combat égoïstement amoureux me semble une réponse adéquate et nécessaire à notre interdépendance covidienne.

Je m'approche du mur pour saisir un détail de la fresque, un petit garçon muselé qui tient une cage à oiseaux vide à la main, quand une voiture de police tourne au coin plus loin et se dirige vers moi. Mon sac est posé dans le panier sur le guidon de mon vélo. Je n'ose pas bouger. Avec un peu de chance, ils ne feront pas attention. Je ne dispose pas de grand-chose en matériel, tout tient dans le sac. Je pourrais sans problème m'enfuir et tout laisser derrière moi. Juste avant d'arriver à mon niveau, la voiture ralentit et je me trouve dans les faisceaux lumineux des phares. Tant pis. J'enclenche les clichés en rafale. Deux mètres plus loin, elle s'arrête. Je m'agenouille pour filmer des angles précis, en activant la vidéo. Deux flics descendent du véhicule et mettent leurs masques.

J'ai rempli une attestation sur mon téléphone que j'ai moi-même signée. Étant mon propre employeur, ce doit être légal. Ou pas. Dès qu'il s'agit de papiers officiels, l'administration tend vers une complexité souvent absurde. Je me suis demandé si la langue y était pour quelque chose. Il y a les lois et il y a les possibilités annexes, les plans B. Due aux restrictions sanitaires, une grande polémique à la française s'est déchaînée autour de l'essentialité, ou non, des artistes. En tant qu'artiste et aux yeux du gouvernement, je suis peut-être non essentielle et dois me confiner chez moi mais il n'est pas dit que je ne peux pas produire de l'art pour gagner ma vie. J'ai décidé que je n'étais pas en tort et j'observe d'un œil serein la police approcher.

Pour donner davantage de crédibilité à ma présence dans la rue en pleine nuit lors du couvre-feu, j'entre sur Instagram, enclenche la vidéo en direct et partage un plan du mur avec la fresque, en arrière-fond. D'une voix que j'espère impassible, je décris ce que je vois, en mentionnant au passage la présence des policiers juste là où je me trouve. J'aurais pu et j'aurais dû m'éloigner pour éviter le conflit. Ils vont remarquer la fresque et feront rapidement les déductions. Une femme seule qui photographie de l'art illégal en pleine nuit peut paraître louche, surtout quand la ville est sous couvre-feu. Mais voilà, dès que je suis à proximité des forces de l'ordre, un désir irréductible d'en découdre avec les cadres officiels me prend dans ses bras et cherchant la bagarre, je défie l'ensemble de l'autorité, sachant très bien que la plupart du temps, les officiers de police font au mieux, sans être pour autant convaincus de leur rôle dans la société. En continuant de filmer, je m'éloigne doucement et j'espère avec nonchalance. Je prends soin de regarder à gauche et à droite pour montrer que le mural n'est pas ma cible. Ils m'interpellent. Vous là... Je m'arrête sur-le-champ et tourne légèrement la tête, l'air surpris. Les flics avancent dans ma direction, sans se hâter… L'un des deux porte un masque noir, l'autre un masque décoré du drapeau américain.

Que faites-vous ici ? Vous avez une attestation ?

Je hoche la tête. J'effectue des repérages pour un projet artistique, une commande pour un musée. Vous permettez ? Je fouille dans les documents sur mon téléphone.

Le flic avec le masque noir s'approche de la fresque et l'examine, en passant la main dessus. C'est tout nouveau, il fait. La peinture n'est pas sèche. Il recule de quelques pas et aperçoit mon sac sur le vélo. En deux foulées, il s'en approche et me demande si le vélo m'appartient. Je réponds non. Il me regarde avec insistance et prenant le sac, il avance vers moi.

Vous avez dû voir quelque chose, il fait, plus affirmatif qu'interrogatif. Il n'est pas dupe. Je secoue la tête avec conviction. Non, je n'ai pas fait attention… À moins que… J'ai aperçu une silhouette qui partait en courant dans la direction opposée. Mais je n'ai pas vu si c'était un homme ou une femme.

J'ai mal à la nuque à force d'être crispée et serre mon poignet de toutes mes forces. Même quand je pense être diplomate, je lance des défis à chaque coup d'œil, ce que je considère comme une déformation professionnelle. Le flic qui tient le sac me dévisage de ses yeux méfiants. Ce ne serait pas votre matériel par hasard ?

Je secoue la tête, trop rapidement. Apparemment il n'a pas remarqué le pochoir. Ou bien il choisit de ne pas le voir. L'autre flic qui porte le drapeau américain sur sa bouche me demande dans quel quartier j'habite.

À Vincennes.

Vos papiers, s'il vous plaît.

Je fouille dans ma pochette en bandoulière et lui présente ma carte d'identité. Le flic avec le drapeau l'examine longuement puis il retourne à sa voiture, s'assoit sur le siège passager devant un terminal sur lequel il déclenche quelques recherches. Quelques minutes plus tard il revient et fait un signe au collègue au masque noir. Ce dernier me tend le sac. À votre place, je jetterais tout ça, il fait d'une voix grave.

Je ne prends pas le matériel. Ce n'est pas à moi, je fais.

Vous voilà, en pleine nuit à côté d'un nouveau graffiti avec du matériel à vos pieds. J'ai choisi de ne pas faire de corollaire. À vous de choisir de ne pas me provoquer.

25.

Les étoiles sont toujours trop loin

Est-il seul dans le bâtiment ? Pourquoi n'entend-il jamais rien ? Pas de voix, pas de disputes, personne ne se plaint…

Tu n'entends rien parce que tu n'es pas supposé entendre.

C'est bien isolé, c'est ça ? Mais même avec l'isolation, il y a des bruits. La présence d'une personne diffuse toutes sortes de sons, de bruits. Derrière ces portes il y a des cellules ?

Il n'arrive plus à se taire. Il se mobilise pour garder son calme, pour ne pas se mettre en colère. Surtout pas. Toutes ces questions qui le taraudent depuis le début de son incarcération. Se taire reste pour le moment sa meilleure option. Sinon, il risque de dire plus que nécessaire et empirer son cas. Inspirer de la confiance au gardien lui permettra de se préserver. Peut-être. Si seulement il connaissait sa situation. Une petite idée sur la raison de sa présence ici.

Ce n'est pas ton problème. Ferme ta gueule. Tu parles trop.

Le gardien est grand, deux mètres de haut et assez costaud, sans pour autant être obèse. Sur son front, un voile d'humidité permanente, sans doute parce qu'il peine à porter son corps. Avec son nez d'aigle, ses yeux rapprochés et ses lèvres très minces au point d'être cruelles, il ressemble à un cliché. Il a le profil type d'un gardien. Mais avec ses sourcils étonnamment bien dessinés et soignés, il ressemble plutôt à une anomalie, comme s'il voulait rompre avec son propre cliché. La main reposant sur la poignée de porte, il observe le prisonnier. Peut-être que le gardien attend une réaction spécifique de sa part. Seulement il ignore laquelle et il s'efforce de ne pas le provoquer.

Je rencontre mon avocat maintenant ?

Il sait bien qu'il n'aurait pas dû poser la question, qu'elle risque de déclencher la fureur du gardien.

Tu n'as pas d'ordres à donner. Le gardien enlève sa main de la porte. Retourne dans ta cellule, il dit.

J'ai rendez-vous avec mon avocat. J'ai des droits, des droits civiques.

Tu n'as que dalle ici. Ma loi est la loi.

Le gardien le considère à travers ses yeux plissés. Puis il dit. Tu es curieux, hein ? De savoir ce qui se cache derrière la porte ? Il claque de la langue et pousse la porte qui donne sur un couloir plus court avec d'autres portes.

Laquelle tu choisirais ? Tu peux en ouvrir une. Mais si ce n'est pas la bonne, tu attendras un mois pour un entretien avec ton avocat. À toi de choisir. Puis, sans aucune forme d'avertissement, il propulse brutalement le prisonnier contre le mur, l'écrasant de son poids.

Sa voix dans son oreille. Tu fermes ta gueule quand je te le dis.

Le prisonnier tremble de colère mais il se maîtrise et opte pour la froideur et le dédain et il se tait.

Le gardien halète dans son oreille. Excité mais déçu aussi de n'avoir pas de réaction plus physique, il assène un coup dans le bas du dos du prisonnier. Maintenant, ouvre une porte… Il relâche la pression de son corps sur celui du prisonnier et se retire assez pour que le prisonnier puisse se redresser. Puis il l'attrape par le cou et le balance contre la porte juste devant.

Ouvre celle-là, si tu ne sais pas laquelle choisir…

Le prisonnier se relève et jette un bref coup d'œil par-dessus son épaule pour voir la gueule du gardien, il ouvre la porte à sa gauche et entre dans une pièce vide et sans aucune fenêtre. Il fait le tour de la pièce. Il se retourne vers le gardien mais ne dit rien. Le gardien rigole, le sourire mauvais.

Je n'aime pas les mecs, il fait, le sourire toujours mauvais. C'est pour t'apprendre à vivre, hein, ne l'oublie jamais. Je n'aime pas les mecs.

Le prisonnier ne sait pas quoi répondre. Il fixe le mur devant lui, faisant attention à garder le gardien dans son champ de vision.

Pas de riposte, hein ? fait le gardien. Tu veux que je me renseigne ?

Le prisonnier se contente de hocher la tête. Ne surtout pas parler. Garder le contrôle, coûte que coûte.

Le gardien sort un téléphone de sa poche et passe un coup de fil. L'avocat pour le prisonnier 434, quand arrive-t-il ? Il écoute la personne à l'autre bout. Ah bon ? Non, ce n'est pas grave. Il se plaît ici. Très bien. Je lui dirai. Il remet le téléphone dans sa poche, prend le prisonnier par le bras et l'entraîne dans le couloir.

Finalement ce n'est pas pour aujourd'hui.

Le prisonnier reste au milieu de sa cellule un long bout de temps et pense à beaucoup de choses mais si on lui demandait à quoi précisément, il ne saurait le dire. Tout ce qu'il éprouve, c'est qu'il est debout dans ce qu'il suppose être une prison et qu'il ne sait rien d'autre. Il n'est pas sûr de souhaiter avoir une clarification parce qu'il saurait et maintenant il n'est pas certain de vouloir savoir, tout ce qu'il veut, c'est ne rien sentir, ne rien penser, ne rien savoir et se dissiper dans le rien. Se dissocier pour devenir un élément. Une abstraction. Il reste debout au milieu de la cellule pour s'évaporer dans le vide, dans le néant mais cela ne se produit pas et quand la lumière du jour s'éclipse et que la nuit tombe, il est toujours debout et ses jambes lui font mal et son dos lui fait mal et il sait qu'il n'a pas disparu, que le vide, que le rien ne veut pas de lui et il se couche devant la porte, se roule en boule et ne bouge plus.

Le lendemain, son plateau-repas est servi par la petite trappe, il le prend et s'assoit sur le lit et mange son repas et il repose le plateau devant la trappe et revient s'asseoir sur le lit et quand il en a assez d'être assis à la recherche du vide, il prend son cahier qu'il a caché sous le matelas parce qu'il faut bien qu'il le pose quelque part et que ça lui donne l'illusion d'avoir une intimité, presque un secret. Le gardien aussi sait qu'il dissimule le cahier sous le matelas, il lui a laissé cet interstice par lequel il s'échappe parce que l'espoir augmente la souffrance. Le gardien n'est pas fondamentalement méchant mais plutôt un homme bête à qui l'on a donné un contrôle sur les autres et qui s'ennuie et dont la journée consiste à découvrir des moyens pour torturer son prisonnier. Le prisonnier ouvre le cahier et relit le dernier bout de lettre qu'il a écrit puis il ajoute un jour, mercredi parce qu'il l'avait commencée hier et hier était pour lui mardi. Il écrit aussi une date, le 12 parce qu'hier, il avait écrit 11 et pourtant il n'a aucune idée du jour, ni de la date. Il n'a plus de repères. Il s'en invente parce qu'il sait de façon certaine qu'il deviendra fou s'il perd totalement ces jalons. Il regarde le jour et la date puis il décide de les modifier, il écrit samedi 23 parce qu'il ne veut plus se mentir et se donner de faux repères. Il fabrique une manière d'échapper à son incarcération, en augmentant le nombre de balises. Finalement c'est une liberté que de mettre des dates hasardeuses. Les dates qui se suivent sont une invention humaine alors il peut réinventer le calendrier en les rangeant de façon aléatoire. C'est bien ça, la définition de la liberté ?

Chère toi,

Je t'écris. Indéniablement je t'écris. Je sais que je n'aurai pas de réponse, peut-être que je n'en aurai jamais. Mais ça me fait du bien, l'idée que je parle dans ton oreille, que malgré la distance, tu puisses m'entendre. C'est une concentration particulière, écrire. On crée, rien qu'avec la pensée, une proximité avec une possibilité de communication. On appelle cela une ligne téléphonique spirituelle, peut-être ? Un tunnel sous les masses pour se faire entendre par une seule personne ? J'espère que tu m'entends.

Je crois que je suis en prison, en tout cas un genre de prison mais peut-être que je me trompe. Je ne sais pas qui m'a enfermé, ni pourquoi. Peut-être que je ne le saurai jamais. Tu me manques, plus que je ne saurais le dire. Ça, au moins, je le sais.

Aujourd'hui, l'un des gardiens est venu me chercher pour que je rencontre mon avocat. On est passés de couloir en couloir mais je ne l'ai pas vu. Je ne pense pas qu'il était là, c'est juste que le gardien s'amuse.

Porte-toi bien.

Il ne sait pas finir une lettre parce que fondamentalement, il ne veut pas énoncer une fin.

26.

L'araignée sifflote lorsqu'elle tisse sa toile entre les cornes d'un escargot

Il est trois heures du matin et je suis en ligne avec Zanac le Décanteur. De le voir sur l'écran est étrange. Je suivais sa carrière d'artiste depuis longtemps mais comme il travaille sous pseudonyme, je n'avais aucune idée de ce dont il avait l'air. Et maintenant il me regarde de visu. Il est chauve et arbore des anneaux en or, un dans chaque oreille. Le vernis mauve sur ses ongles bien limés en pointe et assez longs et un rouge à lèvres mauve un peu plus clair que sur les ongles accentuent sa personnalité. Une barbe à la d'Artagnan et des lunettes carrées à monture transparente rendent l'ensemble parfait. Les verres sont teintés roses. Sa voix est très masculine et son accent très américain, voire texan.

J'ai vu tes muraux à Paris sur les réseaux. Tu as créé un vrai buzz, et très rapidement. *#OùestuAchille ? #Quastufaitdelui ?* Tu sais à qui tu t'adresses ? Et la réponse ? Tous, nous voulons la réponse. Quelle poésie, la passion en temps de Covid. L'amour qui croît sur les ruines de nos idéaux démocratiques. Quel clin d'œil à García Márquez. Continue les graffs. On est tous concernés. La vie, l'amour, la liberté, autant de concepts qui ont disparu sans laisser de traces, comme Achille. Cette période d'état d'exception, d'urgence sanitaire, où l'on vit enchaînés par le principe de précaution permet vraiment toutes les dérives, pas vrai ? On nous fait avaler des couleuvres à longueur de journée. Mais ton buzz s'étend comme un feu de brousse et on y participe. Que ce soit dit, on n'accepte pas la mainmise sur notre avenir.

Pourquoi m'as-tu contactée ?

J'ai entendu ton message. J'adore ce que tu fais. Comment tu t'y prends. On doit travailler de concert. J'aurais voulu être révolutionnaire, mais pacifiste, j'ai opté pour la peinture. Changer le monde par l'art, c'est vieux jeu mais toujours redoutable et parfois efficace. L'art qui se déploie dans la rue se place hors de contrôle. Transformer la société par la politique ne suffit pas. Il faut se battre. Dès maintenant. Pour l'amour.

Par moments l'image se pixélise et se déforme. Je lui dis que j'apprécie l'idée que des gens se lient autour d'une action commune. Qu'ils choisissent eux-mêmes ce qu'est un engagement important. Combattre pour l'amour avec la distanciation, l'isolement, les masques. De nécessaire, le principe de précaution devient assassin. De crucial, il devient liberticide. En tuant l'amour, il tue le vivant.

J'entends moi-même la sévérité de ma voix. J'intellectualise tout, en dissociant l'émotion. Objectiver ma recherche d'Achille, inscrire ma quête personnelle dans un schéma plus large, plus général, me fait du bien. Il a disparu, sans laisser de traces et j'écris mon chagrin et ma rage sur les murs et ça se multiplie et se partage et se propage. Dissimuler ma rage sous des axiomes politiques la rend moins intime.

Zanac travaille exclusivement en milieu urbain. Il se pixélise encore. Il s'y installe et arpente les rues pour en découvrir tous les recoins. Il collabore à tout un réseau d'artistes reconnaissables à leur signature, quoique non répertoriés par l'art officiel.

Ton buzz mérite des signatures connues pour légitimer la question, il dit. Je peux te fixer un rendez-vous avec ceux qui comptent... On fera des battles, du billboard hijacking, on scellera des clefs USB dans des murs avec l'exposition de nos actions, on utilisera les bancs, les trottoirs, les panneaux signalétiques, les WC, les arbres. The crew Achille. On fera du serigraffiti, de la sérifresque, de la seriwriting. Ça va attiser les médias et les réseaux sociaux.

Il promet de me recontacter dans la journée.

Sous ma fenêtre, l'esplanade vide et grise, les cafés fermés et quelques passants qui marchent vite en courbant la nuque, masqués. Les yeux de Palantir me suivent où que je sois dans la pièce. Je me mets devant lui. On en arrive à la société que tu voulais, n'est-ce pas ? Un mouvement à peine perceptible autour de sa bouche... Une majorité d'esclaves qui ne peut ni se projeter ni s'organiser et une élite, composée d'un minuscule clan qui possède tout, même la réalité. C'était ça, ton plan ? Les nouveaux esclaves, piégés dans le numérique, vivent dans un monde virtuel et sont gouvernés par les algorithmes. Ils n'accèdent pas au réel. Toi et les tiens, vous le gardez pour vous. Vous sauvegardez la vie pour vous. Vous avez une poignée d'humains qui s'occupent de tout. Les robots sont pour les pauvres, pour les écarter de vous. Être servi par un esclave humain est le summum du luxe, réservé à ton élite. Et c'est bien vu. Il te suffisait de balancer un algorithme qui optimise l'emploi du temps. Il est transmis au personnel quelques jours en amont. Ainsi, l'employé ne dispose plus de son temps ni de son avenir. Impossible de se projeter, de s'organiser. Il restera capturé dans un perpétuel présent et survit tout juste. Et ce n'est pas dû au virus, n'est-ce pas ? Le virus est juste tombé au bon moment et a rendu le projet visible. Cette réorganisation de la société était prévue depuis longtemps, pas vrai ? Ce n'est d'ailleurs plus un projet mais une réalité sociale. Et aujourd'hui l'avenir se met en place, sans nous. Mais on se battra, tu peux être sûr de ça.

Une sonnerie brève m'annonce que Zanac est en ligne. KlaryOZ et Phantasma nous rejoignent, me dit-il.

J'ai entendu parler de KlaryOZ qui se présente comme un artiviste. Très élégant, habillé en costume-cravate, caché derrière une longue barbe et portant des lunettes de soleil minuscules, il articule tant bien que mal en anglais. On dit qu'il vit en Russie mais personne n'en est sûr. Professionnel du street art, il se fait parfois payer pour ses muraux mais à condition que lui seul décide du projet. D'après lui, les commerces n'ont qu'un rôle, lui offrir l'espace pour exercer son art et son droit à la parole. Je ne suis pas un mouton, a-t-il déclaré dans un graff. Son humeur irascible le sauve de l'opportunisme, aime-t-il dire. Un magasin sur Melrose Avenue à Los Angeles n'avait pas respecté leur contrat et KlaryOZ avait couvert la fresque d'accusations et d'injures. L'enseigne, qui n'était pas impressionnée pour autant, avait exploité les insultes, en les mettant en valeur. Ses insultes sont aussi importantes que ses muraux. La plupart des boutiques trouvent chic de présenter une peinture murale sur leur devanture et respectent le contrat. Pour les plus courageux, un artiste capricieux et coléreux comme KlaryOZ est une trouvaille qui paye. Les passants qui prennent des photos partagent en même temps le nom de leur enseigne. Le magasin devient un support d'art et est répertorié comme tel. Porter le tee-shirt de l'enseigne transforme le client en slogan, qui lui, à son tour, arbore une déclaration. Tout le monde est content.

Les établissements qui cherchent des artistes street art pour réaliser leur décoration contre-culture sont de plus en plus nombreux. La mauvaise humeur de KlaryOZ représente une valeur sûre. Les vendeurs ont ainsi des anecdotes à raconter à leurs clients qui achètent davantage. Son caractère, un geste rebelle, le distingue des autres artivistes et il coûte très cher. Il ne fait pas passer une opération marketing pour de la contre-culture. Lui, il crée un vrai truc. Mais, m'a dit Zanac, ça fait longtemps qu'il n'a rien fait en marge. Artiviste dormant, il a besoin d'un projet pour préserver sa réputation de dissident.

Phantasma est connu par le grand public mais tient à garder sa distance et son anonymat. Devenu une légende, les hypothèses se disputent quant à son véritable nom. Il a désactivé sa vidéo pour un fond d'écran, une photo révélant un homme avec un chapeau de paille sur la tête, un mouchoir accroché à son tee-shirt, une cigarette éteinte au coin des lèvres et ses paumes sont positionnées comme s'il se frottait les mains et on voit ses doigts colorés, probablement de la peinture mélangée à de la nicotine. D'après Zanac, ça ne lui ressemble absolument pas. On ne sait même pas si c'est un homme ou une femme. Pur artiviste, il n'accepte jamais d'argent. Pour qu'on ferme nos gueules, on nous achète à coups de millions. Moi, je préfère rester en bons termes avec moi-même. Je ne réponds pas aux ordres.

La voix de Phantasma est déformée. Je participerai mais à mes conditions, il dit en toussotant. J'ai eu cette saloperie de Covid, la version longue. Ainsi, un Achille a disparu. Une déclaration de guerre au nom de l'amour, ça me plaît. Je me joins à vous.

Savoir qu'il y a des personnes que je ne connais pas et qui sont prêtes à poser la question avec moi me touche. Et pour la première fois depuis la disparition d'Achille, je sens qu'il y a un espoir. Quelqu'un, quelque part, sait quelque chose et on saura quoi.

Zanac nous a expliqué que tu faisais un portrait de l'un de ces salopards de la Silicon Valley ?

Je hoche la tête, oui, c'est exact, j'en ai même fait plusieurs…

Et tu vis entre L.A. et Paris, c'est bien ça ? Il paraît que les gens quittent la Silicon Valley. Tu en connais ? Séjournant dans leur bulle tu dois avoir une idée de ce qui se passe…

Ce mélange de fascination et de haine dans sa voix, une haine indicible, pas contre moi mais contre la Silicon Valley en dit long sur notre relation à cette technologie qu'on utilise tous mais sans en pratiquer la langue. Comment ne pas faire un parallèle avec une époque lointaine, où la messe était dite en latin. Personne ne comprenait et les prêtres étaient maîtres du monde.

Je suis de passage dans leur bulle. Seulement en visite. Je fais le portrait de Henry Palantir. Il détient en effet les rênes. Il sait tout sur nous. Sa banque de données est considérable, une des plus grandes au monde. Mais je ne travaille pas sous ses ordres. Je ne travaille pas pour lui.

Tu as réalisé plusieurs portraits là-bas, non ?

Oui.

Donc, tu les connais, dit-il, une once d'hostilité dans sa voix.

Ce n'est pas une question mais une affirmation, dit KlaryOZ.

Je ne dis rien. La perte des nuances et des proportions m'inquiète de plus en plus. Comment penser sans nuances, proportions, degrés ?

Zanac intervient. Il ne s'agit pas d'attaquer ou de défendre la Silicon Valley. La technologie représente une structure globale sur laquelle la société se construit. On n'y échappe pas. On ne conteste pas la nécessité de manger. Emma n'est pas le diable parce qu'elle réalise des portraits des gens de la Tech. La Tech est aidée par ceux qui achètent le matériel. Tu possèdes bien un ordinateur, non ? Je sais que tu as un smartphone. Toi aussi, tu te sers de sa vitesse quand tu postes tes photos sur les réseaux sociaux. Sur ton ordinateur, tu fais toutes les vidéos que tu veux. Ne me dis pas que tu n'aimes pas ça. La technologie marche bien parce qu'on s'y investit tous. Si l'on n'achetait plus leurs produits, ils couleraient.

Je me sens obligée de dire quelque chose. Maintenant il s'agit d'algorithmes et pour un avenir proche, de la quantique. Ça tombe comme un lion sur la glace.

La Silicon Valley veut éradiquer les gouvernements afin de privatiser l'État. On ne se méfie pas assez, dit Phantasma. Il leur faut un encadrement, et des lois. On oublie que c'est excessivement polluant. Il suffit de fréquenter les cimetières électroniques. Les émissions de gaz à effet de serre, la contamination chimique, les déchets numériques, l'impact sur la biodiversité. L'énergie consommée par les data centers. Et on nous dit de ne pas prendre l'avion.

Je ne sais pas s'ils ont besoin d'éradiquer l'État, fait KlaryOZ. Ils l'ont absorbé depuis longtemps et à leurs conditions. On utilise leurs algorithmes, on intègre leur structure et leur gestion et leur vision du monde à la société. Peut-être que leurs intentions sont louables. Pourquoi pas. Ils répètent qu'ils veulent sauver des vies. Ils n'éprouvent pas le désir de destruction, enfin, je ne crois pas… Ils ne sont pas tous pareils.

Je me prends à réfléchir à l'absurdité de notre conversation. On est confinés, on se situe aux quatre coins du monde et pourtant on s'imagine qu'on peut changer la donne. Ou peut-être qu'on a simplement besoin de penser qu'on n'est pas tout à fait réduits à l'impuissance.

Et s'ils avaient ce désir de nuire, malgré tout ? Ou pire, ils s'en fichent ? Phantasma ne lâche pas. Sa voix est hargneuse et je me sens presque soulagée que quelqu'un en veuille autant à la Tech.

Comment lutter contre une bonne intention ? dit Zanac. Les technologues se plaignent parce que les États les ralentissent avec leur administration et leur principe de précaution.

Ils voulaient *faire du monde un meilleur endroit*. Puis le slogan s'est transformé en *sauver des vies*. Le monde sera meilleur si nous sauvons toujours plus de vies… J'entends ma voix mais ne suis pas persuadée que ce soit vraiment la mienne. Notre impasse, on l'a construite. Doit-on s'opposer au changement, pour le freiner ? Planter les questions là où les réponses peuvent faire une différence, pour qu'elles poussent et que d'autres s'en posent à leur tour, n'est pas ringard. Penser ce qui vient n'est pas une honte mais une obligation.

Phantasma claque de la langue. Peu importe. Je participerai à la battle et la seriwriting et la sérifresque me plaisent. Vous pouvez compter sur moi. À la place de sa photo, un carré noir. Puis le carré noir disparaît.

Où es-tu, Achille ? As-tu dit un mot de trop ? Qui t'a réduit au silence ?

27.

La patte de la vache n'est pas la main de la grenouille

J'examine le portrait de Palantir en y effectuant des retouches au couteau. Tu es à Paris maintenant, c'est ça ? Tu ne m'as pas dit quand tu passerais. Tu sais que j'appréhende ton arrivée et ça t'amuse, n'est-ce pas ?

J'ai l'impression de trop le comprendre, de ressentir même sa monstruosité. Est-ce que ça veut dire que je suis un monstre moi aussi ? Ou est-ce simplement un sens de l'empathie particulièrement aigu ? Les Seigneurs de la technologie recherchent le contrôle sur les autres. Ils modifient le monde à leur image. Ce sont des fous voraces qui ne savent pas s'arrêter. Des toxicomanes. Mon empathie trop excessive me permet de les voir. Hélas. Hackeuse d'âmes, je fouille les poubelles de l'humain et n'apprécie pas souvent ce que je découvre. Je lisse une épaisse couche de peinture qui forme ses pommettes. L'empâtement donne du relief et crée des ombres et des mouvements mais je n'en abuse pas. Les couleurs sont fortes, par endroits criardes, et elles se posent comme un halo vicieux et psychopathe. Le rendu de ses yeux est vif. Bleu acide, métallique, gourmand, cruel, les mots et les nuances ne manquent pas. Vivant, il me nargue à travers ses paupières plissées et ses lèvres étroites esquissent un sourire. Les avais-je plissées ? Je ne me rappelle plus. Probablement. Un portrait ne change pas de posture ni d'expression. Pourtant je suis persuadée que je les avais lissées. Et ce cyan… Je ne m'en souviens pas…

La palette avec mes pinceaux et couleurs est posée sur une table à côté du tableau. Les taches de peinture sèchent sur mes mains. Je frotte une tache mauve d'un mouvement lent. Sentir la matière au bout des doigts me procure une sensation étrange, sensuelle.

Le portrait d'Achille, entreposé en face de celui de Palantir, prend forme. Par endroits, la peinture est plus grasse et légèrement huileuse. Lui aussi paraît vivant. Il représente ma porte de sortie de ce confinement à la carte qui dure et qui dure. Il est ma liberté. Ma raison de me lever le matin, de ne pas sombrer, de résister à cette dépression qui me happe. Grâce à lui je maîtrise ma colère.

D'après les photos que j'ai trouvées sur Internet et qui datent un peu, il n'a pas beaucoup changé. Je pourrais travailler de mémoire mais ça me fait du bien de l'avoir physiquement en face de moi. Je retrouve ses yeux, et même si ce n'est qu'une photo, mon imaginaire le rend réel, cette sensation dans mon corps quand il me regarde se réveille. À quoi penses-tu, en ce moment, maintenant, tout de suite ? Que regardes-tu ? J'entends sa réponse, je devine son expression et je sais bien que c'est ridicule mais je m'en fiche…

Tu l'avais prédit, et les robots arrivent, ils sont là, une armée prête à bosser. C'est si difficile à admettre. Fantasque, romanesque, cinématographique, ça paraît si loin de la réalité, et pourtant. Nous avons tous fantasmé là-dessus, imaginé des scénarios abracadabrants pour ensuite dire que non, c'est impossible. Et pourtant. Dans les usines, ils sont fabriqués à la chaîne. Depuis le début de l'incarcération sanitaire, ils ont accéléré la production pour pouvoir remplacer prochainement des infirmières, des caissiers, des serveurs, des juges, des banquiers, des journalistes…

Dehors, la désolation, l'épuisement, la lassitude, le stress. Tous scrutent le trou noir, l'inconnu, le demain qui n'est pas. Figés dans le temps, cherchant ce temps que l'on a perdu, irrémédiablement perdu. Il fait beau aujourd'hui. Tu vois comment le soleil entre de force chez moi ?

En contemplant les reliefs du visage d'Achille, les quelques rides de fatigue, son regard chaleureux mais assuré, son expression sévère, ses cheveux grisonnants, je ne peux que le comparer aux photos de jeunesse où seules la colère et l'incompréhension se reflétaient dans ses zones de creux. Je n'ai pas eu le temps de le connaître d'après son parcours de vie. Ma connaissance de lui est purement intuitive. Je peux appréhender sa façon de concevoir la vie, deviner ce qui le blesse, ce qui lui fait mal, ce qui le fait rire. Quand il me regarde, j'éprouve l'impression de voyager dans sa tête, de réfléchir et d'arpenter le monde en sa compagnie. Il est comme une porte ouverte qui m'invite à entrer chez lui. Tout ce que je sais, c'est que je m'y sens bien, comme jamais nulle part ailleurs. Je regrette toutes ces questions que je n'ai pas posées parce que je pensais que nous détenions tout le temps du monde. Je te retrouverai, tu sais. Où que tu sois. Une remontée de larmes déborde. Achille m'observe, solide, maladroit et pourtant aussi vif qu'un fauve, très timide et pourtant empreint d'assurance.

Palantir me fixe avec ce sourire qui n'en est pas vraiment un. Il paraît trop vivant. Que vois-tu quand tu me dévisages ainsi ? Ma colère ? Que sais-tu à propos d'Achille ?

Tu ne le retrouveras jamais…

À peine audible, la voix doit être un effet secondaire du confinement. Je suis chez moi toute seule, il n'y a que moi. Les fenêtres sont fermées. Radio, télévision, ordinateur, téléphone, tout est déconnecté.

Tu n'aurais pas dû…

Encore la voix… Un frisson gonfle sous ma peau… J'entends des voix dans ma tête. Quelle horreur. Dois-je consulter un psychologue ? Et si la voix est réelle ? S'il y a quelqu'un ? Sur la pointe des pieds je me rue dans la cuisine et saisis la bombe lacrymogène que je garde dans un tiroir, au cas où. Après avoir vérifié toutes les pièces, je reviens dans le salon. Utilisant un pinceau fin, je corrige l'une des rides d'Achille.

Puis je capte un son, comme un toussotement. Je me positionne devant Palantir. Je dois achever son portrait, me libérer de lui, de ce quelque chose qu'il dégage, de mal, d'arrogant, d'inhumain… Et si la voix était une augmentation du portrait ? Pourquoi est-ce qu'il s'illumine comme ça de l'intérieur ? Peut-être ai-je volé un bout de son âme ? Je saisis un pinceau plus épais et mélange un peu de peinture verte à du gris clair et j'approche le pinceau de ses yeux. Si je lui barre les yeux, si je les efface, il ne pourra plus me voir.

Peut-être a-t-il camouflé des micros dans le chevalet ou dans le châssis du tableau qui lui permettent de m'espionner, voire de me parler. J'ausculte tout mon attirail mais je ne trouve rien.

Je suis sur écoute, c'est ça ? Comment as-tu fait ? Et pourquoi ? Les yeux de Palantir me toisent… Et je me demande s'il n'est pas trop tard pour se libérer de Palantir et de son influence sur le monde…

Il est presque deux heures du matin quand je reviens à moi. Je suis étalée de tout mon long entre les deux tableaux et je tiens toujours le pinceau à la main. Je me remets debout et examine le portrait de Palantir. Je ne lui ai pas effacé les yeux comme je le voulais, je les ai au contraire soulignés. Mais comment ai-je fait ? Ses yeux sont presque surnaturels avec cette lueur incandescente, comme de la braise froide. Je ne me souviens de rien. Puis les touches de peinture ne sont pas les miennes. Jamais je ne peins de cette manière-là.

Pour chasser le malaise et la peur, je me parle à haute voix. J'allume la télévision dans l'espoir de fractionner cette atmosphère dense et compacte. J'adore ce mot, *fractionner*. Il ne figure pas dans les dictionnaires comme un mot positif mais j'aime l'idée de découper pour mieux analyser et comprendre. Je distingue encore un murmure. Je ne suis pas seule. La présence physique de quelque chose ou de quelqu'un est très forte, je discerne une respiration.

Je pourrais partir. Non, c'est stupide. Puis je suis chez moi. J'irais où ? On est en prison avec le confinement. Et qui pourra croire qu'un tableau me parle. On pensera que je parle par métaphore.

Mettant la main sur ma bombe à gaz, j'ouvre les placards et regarde sous le lit. Je m'arrête devant Achille. J'effleure le tableau, sens les épaisseurs de la peinture. De mon doigt je gratte une poussière sur son sourcil et descends vers sa bouche. Qu'as-tu fait pour qu'on t'enlève ? Tu ne m'as pas quittée, j'en suis sûre. Tu as déplu à quelqu'un, n'est-ce pas ? Qui as-tu contrarié ? Et que sais-tu sur Palantir ?

Je frôle son visage, celui que j'ai peint, que j'ai reproduit, son visage d'après moi, avec tout ce qui m'a parlé en lui. Peut-être que le visage ne lui ressemble pas, qu'il ne se reconnaîtra pas.

Je réunis mon matériel et sors. Qu'as-tu fait, Achille ? Quel est ton crime ?

28.

La chouette porte une perruque quand elle prépare un gâteau au chocolat pour l'offrir au lion qui ne mange que des harengs

Palantir contemple ses bureaux vides. Il est temps de s'en défaire, du moins de l'un des deux étages. Puis, au besoin, il pourrait disposer d'un espace investisseur à la Station F. Se trouver au centre des start-up stimule toujours. Il fait un signe à Brad, l'un de ses agents de sécurité. Ce sont des pros, engagés à prix d'or chez Constellis, l'agence de sécurité militaire la plus renommée. Ils sont quatre à se relayer, deux par deux. Ils lui servent désormais de gardes du corps et vivent dans l'hôtel particulier qu'il a acheté avenue Foch. Il observe Brad se déplacer. Grand et musclé à outrance, avec des biceps et des abdominaux saillants, il incarne précisément le type qu'il aime. Brad s'arrête devant le bureau et attend.

Tu peux rentrer et te reposer. Emmène Gary avec toi. Et revenez me chercher plus tard. Je dois encore travailler.

Brad reste immobile, semblable à une statue. Ça l'a toujours impressionné cette capacité à garder toujours la bonne posture.

Je préfère rester ici et vous escorter après, monsieur. Gary aussi restera. Nous sommes vos gardes du corps pour une raison.

Palantir acquiesce. Bon. Oui. C'est sans doute mieux. Mais je pense inviter quelques personnes.

Brad demeure impassible. Il n'exprime rien.

Je te transmettrai leurs profils, si tu comptes vérifier.

J'en ai l'intention, monsieur. Il ne faut pas sous-estimer ce qui se passe. Maintenir les gens à distance s'impose. Sans oublier que la situation compliquée les rend dangereux.

Oui, je sais bien. Tu me l'as expliqué hier, déjà. Une violence exaspérée en cascade qui échappe à tout contrôle...

C'est que c'est sérieux.

On le voit dans les conflits. L'état d'urgence qui dure est addictif. Il induit une situation exceptionnelle, où les lois ne s'appliquent plus. Tout est permis. Le désir de nuire à son prochain, refoulé et enfoui sous les interdits sociaux se libère et les fantasmes sont à portée de main. La violence, la méchanceté, la bestialité jusque-là apprivoisées font surface et profitent d'un état du monde pour s'exprimer et se réaliser. Les gens savent que les forces de l'ordre ne sont pas assez nombreuses pour empêcher les délits. Il n'y a pas de flics dans les rues. Ils ne se déplacent qu'en bande et punissent plutôt les bons citoyens qui ne s'opposent pas trop. Ils espèrent que ça provoquera un effet dissuasif. En réalité c'est un aveu d'échec. Les seuls qui demeurent libres aujourd'hui sont ceux qui transgressent les lois. Bientôt il faudra une armée privée pour sortir, comme c'était le cas au Moyen Âge...

C'est pour ça que nous restons avec vous, monsieur.

Il observe Brad quitter le bureau. Il n'a jamais pu deviner son orientation sexuelle et ça l'excède et l'excite en même temps.

Palantir a conservé deux des études d'Emma, une qu'il a mise sur un chevalet dans son bureau et l'autre dans son hôtel particulier. Elle ne s'est même pas rendu compte qu'il les avait gardées. Le corps nerveux, tendu, le dos raide, il lance des insultes au tableau. Il n'insulte pas son portrait mais le travail d'Emma, ce qu'il perçoit d'elle dans sa peinture. Il s'examine longuement et subitement il se hait. Il ne sait pas pourquoi et il en veut à Emma, parce qu'il ne sait pas pourquoi. Il crache sur le tableau. Il a envie de le déchirer, de le découper, de le détruire mais il l'essuie. Pas question de laisser les émotions le gagner. Et le jour où il ne saura pas s'arrêter, il l'assumera. De toute façon, son nom suffit amplement à ce qu'on ne l'inquiète pas. La suprématie suppose un passe-droit naturel.

Il inspecte le portrait de plus près. Il se sent mal à l'aise quand il le regarde. En colère. Pas à cause de ce qu'il montre de lui mais de ce qu'il voit d'elle. Sa data est trop visible. Il discerne des formes, une géométrie, une cartographie aussi. Puis quelque chose qu'il ne s'explique pas. Si jamais on lui demandait, il dirait que c'est la patte du peintre. C'est de la foutaise, bien sûr. Elle est connue, sinon il ne lui aurait pas commandé une pièce. Il ne voulait pas son talent mais sa signature. Il ne pouvait pas, dans sa position, être le seul à ne pas posséder un tableau d'elle. On aurait pu croire qu'elle avait refusé. Il allait rompre le contrat quand il a su qu'elle sortait avec Achille. Il a décidé d'aller jusqu'au bout mais il se pose souvent la question. Pourquoi elle ?

Il se sert un whisky au bar, l'unique verre qu'il boit une fois par semaine. La discipline compte plus que tout pour rallonger la vie. Il pense à lui et au jour où il lui avait déclaré son amour. À cette expression dans ses yeux, de la peine et du regret. Ce n'est pas ma tasse de thé, il avait dit, avec douceur. Not my thing. Il n'oubliera jamais son dégoût quand il avait insisté. Il fallait bien qu'il insiste. Il avait la frousse. Tant pis pour lui. Il avait été blessé mais c'était surtout la pitié qui l'avait vexé. De surcroît, il pensait que c'était un truc ? Not my thing. Qu'est-ce qu'il croyait ? Qu'on le refusait impunément ? Qu'il accepterait qu'on le diminue par une espèce d'apitoiement mal placé ? Ils allaient en déguster, ces mi-hommes qui ne possédaient pas le courage de la grandeur. Qui d'entre eux oserait l'immortalité ? Il oserait, le professeur ? Il faut du cran pour ça... Ils ont peur de l'inconnu. Vivre éternellement les effraie. La mort aussi. Quelle bande de faibles. Mais ce qu'ils craignent le plus, c'est la vie. Jamais il ne pourra exprimer à quel point il les méprise. Il les exècre. S'il pouvait cogner contre quelque chose. Ou quelqu'un. Il va dans la pièce à côté, attrape une chaise et la fracasse contre le mur. Il arrache l'un des pieds et en frappe la table en verre jusqu'à ce qu'elle se brise et il s'attaque aux plantes et aux tableaux. Il calme sa fureur en mettant en pièces un fauteuil en cuir. Puis il retourne dans le bureau et finit son whisky.

Il s'empare de son téléphone et active son application préférée et parcourt les photos. Il évalue les abdos, la taille du pénis, le torse. Le visage ne compte pas, il veut baiser, c'est tout. Il contacte deux types assez jeunes, sans doute pas majeurs. Peu importe. Il arrange un coup à trois et fixe le rendez-vous à vingt et une heures.

Il pense au moment où il a frôlé Emma devant son portrait, il avait nettement senti sa contraction dans le dos, un frisson imperceptible de plaisir. Et probablement involontaire. Il touche son pénis avec délectation.

Il s'assoit avec son ordinateur face au tableau. Il traite quelques affaires en cours. Il s'attarde sur les progrès du docteur Viran sur la prolongation de la vie. Malgré de nombreuses ratures sur son tableau de bord, il continue à le financer. Le médecin possède cet antique sens moral qu'il déteste tant mais le professeur hait la mort autant que lui. Il dit à qui veut l'entendre que la mort existe pour les faibles, pour ceux qui ne possèdent pas d'imagination. Pour ceux qui manquent de pulsion vitale. Mourir de vieillissement ou de maladie est stupide. La science couplée à la technologie peut faire la différence.

C'est la perspective de sa vie à perpétuité qui manque dans le tableau d'Emma. Elle fait partie de ceux qui se refusent l'avenir à l'infini. L'humain n'a de limites que celles qu'il se donne lui-même. Déjà avec les algorithmes, il est possible de diminuer les erreurs. Avec la quantique, l'immortalité est au seuil de sa vie.

C'est un joli mot, confins.

29.

Quand les écureuils transgressent les couvre-feux pour griller des merguez sur les quais de la Seine

Le pochoir est assez grand, un mètre sur un. J'ai utilisé un plastique très fin pour pouvoir l'enrouler. Le dessin représente un homme en prison qui n'a pas de bouche. Il est seul dans une cellule vide et de l'autre côté des barreaux, un ordinateur. Une main qui tient un pistolet sort de l'écran et vise directement Achille. *La liberté pour Achille* est inscrit sur les barreaux. Autour de la prison, des fleurs, des cerisiers du Japon, des orchidées, des coquelicots. J'ai préparé plusieurs bombes de peinture couleurs fluo. Rose, vert, jaune, mélangé avec du noir. Il est quasiment prêt. J'enfonce le cutter dans le plastique et grave ma signature. *La liberté pour Achille* relie tous les tags qui surgissent de par le monde.

Mon Zoom clignote. KlaryOZ et Phantasma et Zanac attendent dans l'antichambre que, moi aussi, je me connecte. Je m'assois devant mon ordinateur.

Tu as vu combien de graffeurs nous ont rejoints ? Zanac est excité. KlaryOZ a l'air plus flegmatique. Phantasma est représenté cette fois-ci par un âne qui porte un chapeau de paille et des lunettes de soleil dans la bouche. Une échelle est posée à côté de l'âne.

J'avoue que non. Je n'ai pas été en ligne depuis deux jours, depuis que je me suis évanouie devant Palantir mais je ne le dis pas à haute voix.

Ils sont nombreux et possèdent tous des comptes Instagram, Facebook, Qzone, Baidu, TikTok, Snapchat… Zanac ne cesse de bouger devant son ordinateur et l'image sautille. Ils utilisent tous des #hashtag et des @arobase et ça crée un flux magnifique à travers le monde.

Tous ceux que je connais de par mes performances ont contacté leurs amis. Ils ne sont pas tous des artistes mais ils partagent et mettent en valeur, dit KlaryOZ. Il en a manifestement assez dit puisqu'il se tait aussitôt.

Phantasma, de sa voix indolente, dit qu'au moins on a pu prouver que l'amour n'est pas concerné par les frontières économiques et sanitaires.

Il faut une tranche horaire précise. Si on disait à vingt heures demain ? KlaryOZ préfère passer à l'acte sans trop penser. Regretter par avance ne nous profite jamais, ajoute-t-il, d'un ton ironique.

On s'accorde sur vingt heures ? La liste des graffeurs qui participent s'avère plus longue que prévu, fait remarquer Zanac.

Ils ont tous désigné leur lieu de frappe ? je demande. D'après la liste sont ciblés des sociétés technologiques, les médias, des entrées principales de multinationales, des endroits hautement symboliques et très exposés, donc très visibles.

Ils sont encore plus nombreux à ne pas avoir dit où ils allaient opérer, signale KlaryOZ.

Dans certains pays, exercer l'art dans les rues de la ville est dangereux. Ils ont peur que ça se sache et ils ne veulent pas de problèmes avec l'autorité, dit Phantasma. Presque partout on considère le street art comme un crime contre l'ordre établi. En France, votre couvre-feu complique le collage, non ?

Je réponds que ça dépend. L'interdiction de sortie suppose des rues désertes, ce qui rend au contraire le collage plus facile. Comme les rues sont calmes, la police patrouille moins. Enfin, ça dépend de quel arrondissement il s'agit. J'ai prévu de coller, en plus, trois pochoirs dans des quartiers populaires, un à Belleville et un près de Château d'Eau et un dans le quartier des Batignolles.

L'âne qui représente Phantasma hoche la tête. Au Liban, on est plusieurs artistes de rue. On doit prendre en compte les émeutes et donc une présence militaire et policière accrue. J'ai à faire. Avant qu'on ait le temps de dire quoi que ce soit, il a coupé.

C'est sûr qu'en Russie, il vaut mieux ne pas se faire prendre, ajoute KlaryOZ. Ça a failli m'arriver une fois et j'ai eu vraiment peur. Je suis resté derrière une muraille toute la nuit.

Deux artistes qui résident à Beijing sont partis à Wuhan pour exécuter une fresque vers le centre de recherche, annonce Zanac. Ils font des têtes rondes tellement heureuses et colorées que sur le fond gris de Wuhan, on ne pourra pas passer à côté. Ce sera probablement perçu comme une insulte par le pouvoir mais les habitants de Wuhan vont adorer. Par contre je n'ai aucune idée de qui réalisera une performance en Corée du Nord. On verra bien. Je compose un message groupé, et mets tout en route via les réseaux. À demain à vingt heures, sur tous les murs du monde. Zanac coupe.

KlaryOZ dit salut et s'éclipse à son tour.

J'accroche le pochoir sur une étagère et recule pour le voir de loin. Avec les couleurs prévues, il sera difficile de l'ignorer. J'ai hâte d'y être. Me faufiler dehors la nuit, sillonner seule la ville, travailler d'arrache-pied sur mes pochoirs me stimule. J'ai l'impression de me régénérer, de renaître, de reconquérir le droit à ma vie.

Qu'autant de personnes se soient mobilisées est incroyable. La disparition d'Achille se pose en tant que symbole, pas contre un État en particulier mais contre un état global du monde. Où que ce soit sur la planète, en Afrique, en Europe, en Chine, en Russie, aux États-Unis, en Amérique du Sud, en Australie, on taguera le même pochoir, avec des signatures différentes et chacun prendra des photos de ses graffitis pour les partager avec des hashtags. Achille est viral mais en plus, une forme d'organisation artistique se met en place.

Dans pratiquement tous les pays du monde, des révoltes, des émeutes, des manifestations grondent. Le confinement, la peur de l'appauvrissement qui s'aggrave et se généralise, les restrictions sans fin, le malaise de ce qu'on ne sait pas, la méfiance, l'impression de se faire avoir. Les inégalités. Les divisions. Les faillites. Ça suffit.

30.

L'étagère est une porte et parfois un vélo mais jamais un chien

Un bruit de porte qui s'ouvre puis qui se ferme le réveille. Il se met debout à l'endroit où perce la lumière pâle qui entre par la fenêtre étroite sous le plafond. Il aime sentir la chaleur sur sa peau.

Il effectue ses pompes. Un, deux, un, deux. Il est déjà couvert de sueur. Tant pis. Un, deux… Il bondit sur ses pieds et court sur place, levant les genoux le plus haut possible. Structurer sa routine, organiser son temps le protège contre la claustrophobie. Le temps passe plus vite. Il recommence une série de pompes. Ça lui procure une illusion de bien-être. Enfin… Le bien-être ne représente pas vraiment l'expression adéquate. Il est furieux. Toute cette colère qui n'arrête pas de lui monter à la gorge. Il ne sert à rien de ressasser. Il faut si peu pour disjoncter. Garder l'équilibre et surtout le calme, à tout prix. Un, deux, un, deux, un, deux. Cesse de ruminer. Ne pas perdre le contrôle pour la maîtriser, cette chose qui se cache au plus profond de lui. Son ombre. Le principe de la violence, son instinct primaire, une force nocive qui lui fait peur. Son ombre, l'autre lui-même qu'il voudrait tuer. Depuis longtemps, il intercale la routine, s'en sert comme d'un tampon entre le monde et lui, son autre lui.

La routine garantit sa protection. Elle désactive ses ténèbres qu'il appréhende plus que tout. Il s'efforce de paraître normal. Tant que sa prestation marche, tout va bien.

Il pense à l'homme qui s'en est pris à lui en Caroline du Sud. L'accident qui a réveillé et révélé son double. Un groupe obscur de jeunes affiliés au KKK avait attaqué un café, où les étudiants noirs se retrouvaient pour boire un verre. Juste au moment où il passait devant, des hommes habillés de draps blancs avec des taies d'oreillers sur la tête brandissaient des fusils devant la porte. Des coups de feu à l'intérieur du café, des cris, des verres brisés, des jeunes qui tentaient de s'enfuir. Un homme s'était glissé derrière lui et avait pointé un revolver sur sa tête. Il avait saisi l'engin, ils s'étaient battus, il avait pressé la détente et le revolver avait abattu l'homme, d'un seul coup. Et l'a tué, lui aussi, d'un seul coup. Il avait pressé la détente sans savoir ce qu'il faisait mais il l'avait bien déclenchée. C'était le revolver le coupable mais lui qui le tenait. Il ne savait pas comment s'en servir et pourtant il avait abattu une personne. Il n'avait pas appelé la police. Il ne sait pas pourquoi. Ça reste flou, probablement parce que la notion de justice est très aléatoire en Caroline du Sud. Puis l'homme était blanc. Il lui aurait fallu beaucoup de chance pour avoir la possibilité de s'expliquer. Et pourquoi se dénoncer pour avoir, involontairement, abattu un Blanc ? La liste des Blancs qui exécutaient librement et volontairement des Noirs était longue, très longue.

Mais sa conscience le harcèle depuis ce jour. Depuis ce jour, il s'efforce de paraître normal, pour cacher ce qu'il considère lui-même comme sa monstruosité.

Le passe-plat s'ouvre et son plateau-repas est poussé dans sa cellule. Il arrête les pompes, se met debout et s'essuie avec sa serviette. S'adossant contre le mur, il s'oblige à manger debout. Survivre pour sortir d'ici. Peut-être est-ce à cause de ce type qu'il avait croisé il y a des années qu'il est séquestré. Il n'arrive toujours pas à dire qu'il l'a tué… Il ose à peine le penser. Est-ce une vengeance tardive ? Ou quelqu'un a quelque chose à gagner à le garder sous clef ? À lui confisquer sa liberté élémentaire ? À l'empêcher de se déplacer ? De faire ses choix ? Qui peut tirer bénéfice de son enfermement ? Et de quel genre de bénéfice s'agit-il ? Politique ? Économique ? Éthique ? Est-ce lié au pouvoir ? Si oui, pourquoi ? Peut-être que c'est un hasard… Ou bien cela fait partie d'une expérimentation illégale et il était au mauvais endroit au mauvais moment. À moins que ce soit un état général… À moins qu'il ne soit pas seul à être enfermé sans savoir pourquoi.

Le repas terminé, il frappe deux fois à la porte, attend que le passe-plat s'ouvre et pousse le plateau dehors. Pas question de le garder dans la cellule. Tu ne veux pas de rats chez toi, hein, lui avait lancé le gardien à son arrivée. Il s'entraîne à nouveau, des séries d'abdos, de pompes, des étirements puis il marche d'un côté et de l'autre pour l'équilibre et il finit par courir sur place. Ça lui prend toute la matinée.

Il s'assoit à la table qu'il appelle le bureau. Il hésite à dire mon lit, mon bureau. Ça voudrait dire qu'il accepte la situation, la perte de sa liberté et ce n'est pas le cas. En ouvrant son cahier, il se demande pourquoi on lui en a filé un mais pas de bouquin. Peut-être qu'ils projettent de lire ce qu'il écrit. Il évite de consigner des choses compromettantes. Malgré tout, ils peuvent saisir le cahier quand ils le décident. Cela dit, puisqu'il ne sait pas pourquoi il est là, il ne saurait pas davantage ce qui peut être compromettant, ou pas.

J'espère que tu ne m'oublies pas et que tu as confiance en moi. Tu dois te demander ce que je deviens, où je me trouve. Pourquoi je ne te réponds pas. Avec un peu de chance, tu as deviné toi-même que j'en suis empêché. C'est difficile, j'en suis conscient. Tu n'as aucune idée de ce qui m'est arrivé. Il te faut une espèce de loyauté aveugle, non pas en ce que je fais ou pas mais en qui je suis. Moi-même, je ne sais pas si je suis une bonne personne. J'espère l'être. Je me pose constamment la question. Je me rassure en me disant que répéter cette question fait de moi une meilleure personne. Quand on cesse de s'interroger, on perd de son humanité.

J'aime me dire que tu me cherches. Que tu me fais confiance. Jamais ce mot n'a eu autant de sens.

Peut-être que je ne sortirai pas d'ici. J'ai du mal à croire qu'ils me relâcheront. La cellule me semble aussi hermétique qu'un frigo. Puis où suis-je ? Et si c'était toute la planète qui était en prison ? Enfermée ? Confinée ? Je ne représente peut-être pas un exemple à part, ou exceptionnel. Peut-être que ce que je considère comme mon cas particulier est le destin de tous.

Pourtant je n'ai pas encore renoncé à l'espoir. D'une certaine manière, si je t'écris ceci, c'est que je suis malgré tout optimiste. Peut-être qu'ils ne liront jamais ces pages. Ce que je t'écris restera alors à tout jamais entre toi et moi. Tu les verras un jour, j'en suis sûr. Obligatoirement.

31.

Les tourteaux n'ont pas de mains

Je travaille sur ma commande quand la sonnerie me tire de ma concentration. Pinceau en main, je fais entrer Palantir. Il ne m'avait pas dit à quelle heure il pensait venir mais j'étais préparée à ce qu'il passe sans me prévenir. Je lui propose un café. Il ne veut rien boire. Nos yeux se rencontrent et j'éprouve une curieuse brûlure en moi. Afin de me reprendre, je me dirige vers son portrait. À chaque fois ça me trouble de le voir en relief. Il se transforme en un miroir de lui-même, un miroir déformé qui dévoile ses secrets, le mal qu'il a en lui. Je n'ai jamais cru au mal mais quand je l'observe, je détecte la déchéance qui le traverse comme un ver diabolique. Je n'aurais jamais dû accepter ce portrait.

Subitement, en deux foulées, il se trouve à côté de moi. Sa main m'empoigne par l'épaule et il me serre contre lui, si près que son corps s'accole au mien. Son autre main se pose sur mes fesses, son doigt glisse entre mes jambes, légèrement, trop légèrement… Étrangement excitée, je ne bouge pas. Je l'entends haleter dans mon oreille. Ma respiration s'emballe. Je me dis que je dois le repousser… Sa main remonte sur mon corps en une longue caresse, s'arrête sur le devant de mon cou et ses lèvres effleurent mon oreille. Je cesse de respirer. Que dois-je faire ? La réponse est au bout de ma langue… Je sens mon corps se raidir. Il murmure dans mon oreille. On dit que j'aime les hommes. J'apprécie autant les femmes. C'est… Différent. Sa main redescend et explore ma hanche. Il me serre davantage, je suis collée à lui et son pénis durcit et sa main me caresse le bas du dos, me caresse les fesses, un doigt effleure mon sillon puis descend vers ma… Je te baiserai… Peut-être… Doucement il retire sa main et recule d'un pas infime. Sa main sur mon cou se relâche. Je cache mon trouble autant que possible. Mine de rien, je repose ma main qui tremble le long de ma cuisse. Pendant un long moment, je suis immobile, statue contre tableau, luttant pour me ressaisir, apaiser ma respiration, recouvrer le contrôle de mes jambes qui menacent de me lâcher. Puis, d'un geste sec, je me récupère, me retourne et le regarde directement dans les yeux.

Le tableau est loin d'être fini, je dis d'une voix instable. Vous êtes en perspective. Je dois creuser davantage. J'ai besoin de temps.

Je pivote, m'empare d'un pinceau sur la table et me mets devant son tableau. En quelques pas, il rejoint le portrait d'Achille. De son doigt gauche, il en suit le contour du visage.

Il te manque, n'est-ce pas ?

Appréhensive, je rectifie une ombre autour de ses yeux. Il est singulier, pas comme les autres, je murmure pour dire quelque chose. Vous nous suivez…

Certes, j'ai un œil sur toi. Je te surveille, oui. Mais peut-être que je le connais… Éventuellement je l'ai croisé… Qui sait, hein ? J'étais étudiant à Stanford…

Il me sonde de ses yeux clairs, m'analysant de fond en comble, sans honte. D'après lui, je ne suis qu'un algorithme inachevé… Agaçante mais négligeable et pourtant très présente.

Il plisse les yeux. Il a l'air presque amusé. Tu penses que je suis un caïd… Cette voix caverneuse… Tu crois que je tue les gens qui me dérangent.

Je n'exprime rien mais il n'a pas tort. Cette peur dans mes jambes. Le malaise que je ressens en sa compagnie. Cet esprit prêt à dérailler que j'appréhende avec chaque cellule de mon corps… Le mal ne se reconnaît jamais de façon précise, c'est bien pour ça qu'il est si dangereux.

Sa voix m'encercle… C'est plus commode d'acheter l'adversaire que de le tuer. Je t'ai achetée. Quelque chose de dur dans sa voix, qui sonne comme une pointe de couteau.

Achille s'est volatilisé, je dis mollement.

Tu penses que j'ai manigancé sa disparition. Si je voulais me débarrasser de lui, je le ferais virer de l'Université. Je le ruinerais. C'est bien plus efficace. Je suis un maître de la Tech. Je sais tout sur tout le monde. Je possède les clefs de vos vies, à vous tous. Les siennes. Les tiennes. Je décide de vos vies. Si demain je veux te rayer de la carte des vivants, nul besoin de te tuer. Je t'efface, j'efface tes données. Comment prouver ton identité ? Tu n'aurais accès à rien. Tu serais exclue et en une semaine, tu serais sans-abri sans aucun espoir de te réintroduire dans la société.

Vous connaissez Achille. Ma voix s'apparente à un croassement de corbeau.

Il me regarde longuement, les lèvres pincées et ses pupilles qui se contractent. Il est gêné ! Gêné et en colère ! Il s'approche davantage du portrait d'Achille et se retrouve presque nez à nez. Il le contemple quelques instants. Sa voix se fait distante. J'étais son étudiant, j'étais amoureux de lui et il m'a éconduit. C'est tout. Rien de grave. Tous les étudiants ont le béguin pour leur professeur. Ce n'est pas exceptionnel.

Ils ne deviennent pas tous Palantir.

On avait travaillé ensemble un bout de temps. On discutait dans son bureau et je me sentais proche de lui.

Pourquoi me racontez-vous ça ?

Tu es en prison…

Pas pour toujours.

Tu penses retrouver le monde d'avant…

Et Achille a disparu…

Un sourire involontaire, presque joyeux, dérangeant. Il ne dure que quelques secondes. Il hausse les épaules. Achille n'est pas mon problème. Il fait partie d'une école désormais historique, l'école de ceux qui nous retiennent. Il représente l'ennemi. Les gens ancestraux comme lui s'accrochent à leurs repères et leur monde antique et à leurs habitudes invétérées. Ils mettent l'évolution en arrêt mais sans rien proposer. Quand ils contestent, ils n'exigent rien. Innover est nécessaire pour survivre. Ils innovent quoi ? Rien du tout. Ils se pensent rebelles ? Ils ne font que se soumettre à un système périmé pour ce qu'est la réalité d'aujourd'hui. Je peux sauver le monde mais à cause de gens comme lui, on va droit dans le mur. Il m'empêche de sauver le monde, les gens. On doit se développer, s'améliorer. Notre imperfection tue la planète et nos défauts anéantissent l'économie. Au lieu de tendre vers l'immortalité, on refuse la vie. On édicte des lois pour encadrer et ralentir le progrès sous prétexte d'une morale qui en définitive ne fait de bien ni à nous ni à la Terre. Une morale qui n'est qu'une série de dogmes, pour la plupart archaïques et inadaptés à ce qui est. Le système éducatif est désuet. J'encourage les jeunes qui veulent sortir de l'école. Le système les bride et les canalise et les éduque à marcher en rang, à penser tous dans une direction unique. Pour innover, l'esprit doit être hors circuit. Pour aborder les études autrement, je leur aménage un espace numérique où ils pourront élaborer leurs projets avec ce dont ils ont besoin.

Une enveloppe dépasse de la corbeille à papier. Elle est déchirée.

Je dis. Sur les moteurs de recherche, vous sélectionnez les informations disponibles pour chaque individu. Vous décidez de ce que je dois voir. Vous mettez en place une liberté illusoire de choix… On n'accède jamais aux mêmes infos, tout en croyant qu'on dispose des mêmes éléments. Je ne vois pas les infos de mon voisin. Nous ne pouvons plus parler puisque nous n'avons aucune base de données en commun. Les algorithmes nous ont classés dans des catégories distinctes en nous fournissant des infos différentes. Ils créent un nouveau système de castes. Trouver son chemin entre l'info ready-made et personnalisée et les fake news est compliqué, tout est élaboré pour nous tromper. Voulant déployer des réseaux pour favoriser l'amitié et le contact entre les gens, vous rompez le lien social, vous divisez les gens, vous les isolez et au final, il ne peut y avoir de langue commune. Vous aspirez réellement à cela ? À la destruction, à l'abolition ?

Il me fixe de ses yeux glauques. Je désire le bien de la planète. Je désire voir l'être humain au summum de ses capacités. L'intelligence artificielle ne peut se développer qu'avec l'homme. Ce n'est pas l'ordinateur qui s'humanise mais l'homme qui se numérise et acquiert le pouvoir que lui confèrent les milliards de données. L'homme cyborg c'est une personne qui détient les codes de sa propre fabrication.

Si l'on augmente quelqu'un avec l'I.A., il sera alors invulnérable. Tout ce que j'accomplis, je l'apporte aux gens. L'humain est en tout point supérieur à l'intelligence artificielle mais pour accéder à sa véritable quintessence, on doit prendre ce dont on a besoin de l'I.A. Ou du robot. Nous sommes tous des cyborgs. C'est la définition même de notre essence. En luttant contre la nature par la domination et l'invention, on crée notre expansion, notre accroissement, notre sécurité, notre survie. L'humanité a survécu à la nature grâce à l'augmentation. Qui possède une prothèse est augmenté. Qui vit avec un pacemaker est augmenté. Qui s'implante une puce RFID est augmenté. Qui utilise un vélo ou un scooter ou un flyboard est augmenté. On a constamment été augmenté avec les outils que nous avons nous-mêmes fabriqués. L'I.A. constitue naturellement un outil plus perfectionné pour dépasser notre condition biologique. L'homme se crée, s'invente, se dépasse en dominant et en transformant la nature. Refuser le transhumanisme équivaut à refuser son humanité profonde.

Il sort son téléphone de sa poche et commence à réaliser des photos de son portrait.

Quand je repartirai à L.A., je pourrai l'étudier. Et le comparer avec tes progrès, la semaine prochaine, lorsque je regagnerai Paris.

Vous revenez fréquemment.

L'heure des algorithmes a sonné. Le marché européen s'ouvre enfin. Toutes les entreprises et toutes les administrations veulent des algorithmes, tellement plus fiables que les hommes. Et plus impartiaux aussi. L'humain comme on l'a connu jusqu'à présent est derrière nous. Puis, à ma surprise, il se retourne et prend des photos du portrait d'Achille.

32.

Alors que l'art se propage sur l'idée d'un virus, l'ours réfléchit

À Washington, une ombre s'arrête devant le Lincoln Memorial dans le West Potomac Park. Elle gravit les marches et passe entre les colonnes, chacune représentant un État et pénètre dans la salle construite par l'architecte Daniel Chester French. Assis sur son trône, Abraham Lincoln l'ignore. Ou l'observe, peut-être amusé. Qui sait à quoi pense une statue. Zanac pose son sac et son échelle pliable. Il dépose un tube sur le sol et sort ses bombes et ses chiffons. Il déplie l'échelle et secoue le tube et déroule son pochoir avec précaution. Le silence est curieux. D'habitude, quelle que soit l'heure, il y a des touristes. Après un coup d'œil par-dessus son épaule pour s'assurer qu'il n'y a personne, il saisit sa bombe de colle et en enduit le plastique. Il passe son bras sur le front pour éponger la sueur et, à l'aide de l'échelle, il grimpe sur les genoux de Lincoln, lui dit désolé vieux mais il faut ce qu'il faut. Après un temps de récupération, il monte sur les épaules de Lincoln. Le mur est plus loin que dans ses souvenirs. En se penchant davantage en avant, prenant appui sur une seule main, il colle le pochoir derrière la tête, juste sous l'inscription, perd l'équilibre mais arrive à se rattraper en s'accrochant à la tête du président. Il tamponne à nouveau son front pour éponger la sueur. Retrouvant sa stabilité, il asperge son pochoir de peinture rouge en accentuant des traits spécifiques avec du noir. Le graff représente un homme entièrement habillé de chaînes. L'homme est assis sur les épaules de Lincoln et il tient une pancarte à la main sur laquelle est écrit *Pourquoi toi, Achille ? Qui as-tu dérangé ?* Avec la perche, Zanac arrache le pochoir qui tombe sur le sol. Il se laisse glisser jusqu'aux genoux de Lincoln, emprunte l'échelle et redescend et s'éloigne de quelques pas et contemple son travail. C'est parfaitement visible, on ne peut pas regarder sans voir.

L'aube pointe doucement. Il saisit son téléphone dans la poche arrière de son jean et prend plusieurs clichés de près comme de loin, afin que la pancarte soit bien mise en perspective.

À Beijing, sur la Beijing central TV tower, deux artistes se mettent en situation à exactement quatre heures trente-deux et l'un d'eux lève la main qui tient la bombe de peinture rose et l'applique sur le mur puis il continue avec de la peinture vert fluo. À la fin, il peaufine à la peinture orange. *À quand le sourire d'Achille ?* À quatre heures cinquante-cinq, ils partent et à cinq heures, les premières personnes se réveillent et descendent sur les places publiques pour effectuer une séance de sport matinale avant d'aller au travail. Sur la tour, une grande tête rose, ronde, surmontée de cheveux verts. Une bouche rouge avec des dents blanches rit franchement et les yeux noirs sont entourés de traits jaune et bleu et orange et vert. Sur les joues, deux carrés bleus. C'est signé benoit_et_bo. Ils ont ajouté, sous la signature, une adresse https://www.instagram.com/p/CX3d8Lko_qj/. L'attroupement est immédiat.

À Paris, je m'arrête devant l'Hôtel de Ville, en face du BHV. J'ai décidé de réaliser une série du même pochoir qui se fera écho et je pose le premier ici. Je fais du bruit avec les pieds pour faire fuir les rats. Les rues désertes se transforment en un terrain de jeu pour les rats d'égouts et ils se promènent en bons citoyens au milieu de la rue de Rivoli. M'apprêtant à traverser, une patrouille de police passe. Je ne bouge pas, espérant qu'ils me confondent avec le réverbère. Ils ne me prêtent aucune attention et dès qu'ils tournent au coin, je traverse en courant.

Ça ne me prend pas plus de quinze minutes pour localiser le bon endroit. Un mur sain et exposé comme il faut pour être visible. Je travaille à toute allure. Je colle le pochoir. Le visage d'Achille, grave avec sa ride du lion prononcée et son air obstiné, couvre presque tout le mur. À côté de lui, un chien qui porte son nom dans la gueule. Ça me fait presque un choc de le voir là, sur le mur. Presque mécaniquement je touche sa joue, sous l'œil gauche, comme s'il était fait de chair et d'os. On va te retrouver. Je sors deux aérosols de peinture, un gris modifié et un noir, quelques coups de bombe et j'arrache le pochoir et emballe le tout. C'est fini. Des pas s'approchent. Je distingue des voix qui se chamaillent en rigolant. Je me dépêche. Le nom d'Achille représente le fil conducteur entre les pochoirs autour du globe. Il sonne presque comme un avertissement. *You are watching us but we too are watching you. Gare à toi.* L'insoumission emprunte des formes différentes, parfois elle est discrète mais dès qu'elle existe dans la tête de quelqu'un, elle cherche à s'affranchir, à se propager et elle fait un doigt au pouvoir. Pas de mots, un doigt. Désobéissance, rébellion, insurrection, c'est lutter. Je déteste le mot résistance, si passive. Le street art, la guérilla urbaine attaquent. Je m'agenouille à côté des bancs. Les flâneurs clandestins me doublent, sans faire attention puis s'éloignent. Peut-être qu'ils m'ont vue. Ou ils ont choisi de m'ignorer. En temps de virus, nous finissons tous en fantômes. Quand on devient hors la loi, on a tendance à être furtif. Le silence est à nouveau quasi total, aussi total qu'il puisse l'être dans une ville. Depuis l'enchaînement des confinements et les couvre-feux, des fêtes interdites poussent dans les ombres, cherchant l'invisibilité mais parfois des sons s'échappent et les rendent visibles. Au loin, un tambour, quelques cris... Je reprends mon vélo et fonce vers le prochain mur.

À Wuhan, sur la façade du centre de recherche où l'on avait décrypté la Covid la première fois, le visage d'Achille en vert, avec son nom écrit en toutes lettres. Un âne porte un panneau où il est écrit *La liberté pour Achille, la liberté pour nous tous.*

À Pointe-Noire au Congo, une gigantesque fresque déclarative fait parler d'elle sur tout le continent. *Le pouvoir est à l'écriture. Relâchez Achille, ou nous lâchons des mots.* Son visage regarde la phrase en compagnie d'un lion. Les sapeurs défilent devant la fresque et en peu de temps, les photos sont relayées dans tous les magazines de mode du monde, sauf en Corée du Nord.

À Los Angeles, un graffiti s'étale à l'entrée principale de l'immeuble du *Los Angeles Times*. Quelques personnes pointent leur index dessus, en rigolant. Le visage d'Achille tient la phrase *La liberté pour tous* à la main, qu'il brandit au-dessus de sa tête. Il y a surtout ceux qui prennent des clichés et qui les partagent sur les réseaux sociaux. À Beverly Hills, le visage d'Achille observe le monde avec sérieux. *La liberté pour Achille, la liberté pour tous* explose sur toute la façade de la boutique Breguet.

À Moscou, un tag autour de l'entrée de la Loubianka provoque le chaos. Le visage d'Achille, entouré de barreaux, essaie de toucher la phrase *Qui as-tu dérangé, Achille ?* Les Moscovites accourent pour se procurer des photos avant qu'il ne soit trop tard.

33.

Si l'éléphant corrige la licorne, le monde tournera à l'envers, dit la licorne

Encore un jour confiné. Ils ne se comptent plus. La France est désormais divisée en citoyens essentiels et non essentiels. Étant artiste, il paraît que je ne suis pas essentielle et que je ne dispose pas, en principe, du même droit de sortie que les gens classés *essentiels*. Pour ma part, je m'en fiche. Ayant un contrat de travail, même américain, je suis en quelque sorte protégée. Partout les peuples luttent contre le virus et contre le scepticisme affiché par certains. Existe-t-il réellement ? Est-ce un coup monté, une escroquerie politique ? Les gouvernements se sont réapproprié le pouvoir sur l'économie. Ça leur a pris trois jours. Rien que trois jours. En profite-t-on pour injecter des puces dans nos bras pour pouvoir nous traquer ? Nombreux sont les États qui ont utilisé cette crise pour faire main basse sur leur population. Les manifestations sont d'ailleurs diluées, sauf aux États-Unis, où le débat public fait fureur sur un fond chaotique, voire apocalyptique. Toutefois, le virus doit être maîtrisé. Impérativement. Et s'il était plus dangereux que les gouvernements et l'OMS nous le disent ?

Je discute quotidiennement avec le portrait d'Achille. Ça me manque de parler avec lui en vrai. Ou en *présentiel*. Le principe de transparence continue à m'interroger. Digérer les informations qui déferlent sur nous est plus compliqué qu'on ne le pense. Faute de comprendre l'ensemble, on finit sceptique, ne croyant plus en rien, pensant que tout est mensonge. Avec le flux incessant d'actualité qu'on nous fait passer alléguant le principe de transparence, on finit par accepter une monstruosité comme normale, la corruption comme inévitable. Les choses sont ce qu'elles sont, que voulez-vous ?

Et alors ? Tu n'aurais pas dû. Tu le savais.

Ce murmure… Je dois absolument partir. Sortir d'ici et ne plus revenir. Ce murmure que j'entends incarne le déploiement de mes pensées en une augmentation progressive. Peut-être est-ce un effet de cet emprisonnement prolongé.

Je retourne vers le tableau de Palantir. Ses yeux qui ne livrent rien. Qu'est-ce que je sais, en réalité ? Que ses yeux sont trop tenaces ? Que je l'augmente par mon art aussi sûrement qu'il s'amplifie par la technologie ? Que la perte de notre humanité est notre destin ? Le murmure s'estompe jusqu'à disparaître. Je me concentre mais rien. Palantir a l'air de se moquer.

Je pose le pinceau, recule pour mieux voir.

J'ai la trouille. Ça me prend, brutalement, violemment, de la peur à l'état brut. Si l'effondrement actuel est une crise de la pensée humaine, comment va-t-on s'en sortir ? Notre capacité critique, notre faculté de penser, compromises depuis des décennies ne sont quasiment plus présentes. À force de penser positivement, de laisser l'émotion envahir toutes les strates de l'analyse et de la logique d'une situation, à force d'exiger la non-complexité, de refuser toute contrainte, de ne jamais permettre la rigueur, l'échec et l'effort, nous ne savons plus maîtriser un problème et le problème nous tue. Le problème me tue. Je le sens dans ma chair, sur ma peau, dans mon cerveau. Il opère comme un cancer, un virus, un petit truc invisible, si petit et qui m'infeste et contre lequel je ne peux rien. Nous endurons les conséquences de nos peurs, piégés par l'impossibilité de prendre une vraie décision, une décision libérée de ce qu'on pense vrai ou de ce qui est. Comment sortir de cette apocalypse qui a sonné, qui fraye son chemin en poussant l'être humain à se renier ?

Il faut espérer que quelqu'un trouve une solution qui pourrait plaire à chaque personne sur la planète.

J'effectue de nouveau une retouche. Je rectifie ses yeux pour en diminuer la vivacité, les rendre moins puissants…

Palantir arrivera vers vingt et une heures. Il veut savoir où ça en est avec le portrait. Si j'avance assez vite.

Je recule à nouveau de quelques pas pour étudier mon travail. Il est terminé mais ne sera jamais achevé, seulement je ne le lui apprendrai pas. Ma décision est prise. Tant qu'Achille n'est pas revenu, je continuerai à modifier le tableau. Je ne sais pas pourquoi. Un coup d'intuition, sans doute. Je ne sais pas si Palantir a quelque rapport avec la disparition d'Achille, par contre il peut, s'il le veut, m'aider, soit à franchir la frontière, soit à le retrouver.

Ses yeux, aussi durs que du métal, m'observent avec moquerie.

Tu te considères comme le correcteur majeur du monde et des sociétés, n'est-ce pas ? Tu le comprendras, que j'ai encore des retouches à y apporter ? Je ne pourrai jamais terminer un portrait comme le tien. Il te manque quelque chose d'essentiel et je ne vois pas comment un portrait pourrait être complet si tous les éléments n'y sont pas. Je ne construis pas un portrait sur des carences. La complétude ne signifie pas automatiquement un ensemble finalisé.

Un portrait fini n'est pas forcément achevé.

Un portrait achevé n'est pas nécessairement fini.

Quelque chose manque en toi, quelque chose de profond ne va pas. Tu n'es pas fini. Ta fabrication a été arrêtée trop tôt et la partie de ce que tu aurais dû être n'a pas été ajoutée. C'est peut-être pour ça que tu veux t'augmenter par la technologie. Des capteurs électroniques intégrés dans le cerveau peuvent accroître la mémoire en fusionnant avec l'intelligence artificielle. L'implant cérébral permet de retrouver l'usage de ses jambes et de sa parole. Tout se répare, sauf... Ta part manquante n'est pas un bras ou un foie mais la compassion. Sentiments, chaleur, passion, amour, désordre, confusion, pleurs, rires, contradictions, humour, irrationalité, autant de mots qui définissent un être et qui ne sont pas encore décryptés par la robotique. Des mots et des choses, de la fiction à la réalité dans la lutte acharnée des imaginaires.

Tu entreprends de transformer une personne en cyborg parce que tu la veux à ton image. Tu désires la perfection. Tu appelles cela changer le monde. L'humain, renforcé par sa technologie, structuré en robot, représente ton idéal. Tu te conçois en un Dieu mécanique donc parfait, c'est-à-dire sans empathie, sans passion, sans générosité. D'après toi, ces sentiments irrationnels détruisent la société, en entretenant le chaos.

Je recule légèrement. Il est si froid et inflexible et trop bien organisé dans un système dont lui seul détient les clefs. Peut-être est-ce pour cela qu'il exige que j'achève mon portrait, parce qu'il présage de s'annoncer au monde. Il compte révéler la puissance de sa perfection. Le non-humain, lui, vu par un humain, moi. Le non-humain est son but, son accomplissement, la perfection ultime. Le désir d'anéantissement de l'homme dirigé par ses empathies et ses sentiments, ses frustrations et ses haines. Il veut se montrer comme l'être du futur, celui qui se fabriquera tous les jours dans les usines du nouveau système économique et auquel on se soumettra sans la moindre résistance. C'est ça, n'est pas ? Par mon art, tu affirmes ta venue au monde, ta naissance véritable. Tu énonces la fin d'un temps, l'époque de l'humain avec ses imperfections, ses contradictions, ses paradoxes.

Je peux aussi décider de le finir, ne plus travailler dessus, parce que je ne veux plus le voir, ni lui ni son visage sur la toile. Une œuvre d'art n'est jamais complète, ni achevée, ni créée. Incréée, elle est perpétuellement en devenir. Elle est nécessairement imparfaite. Et que veut dire complet ? Le portrait sera abouti quand je déciderai qu'il l'est et aujourd'hui j'ai décidé que le portrait de Palantir est achevé. Je ne lui dirai pas. Un ralentissement supplémentaire le rendrait fou et lui ferait perdre son contrôle.

Une vague de plaisir involontaire se répand dans mon corps. Je me délecte de ce pouvoir que je détiens sur lui. Je ne m'en cache pas et je n'éprouve pas de honte.

Deux pas et Palantir a franchi la distance qui nous sépare. Avec un regard qui se veut invaincu, il me dévisage et je le trouve beaucoup trop proche. Je lui demande de respecter la distanciation et ça le fait sourire. Pas encore vaccinée, hein ? À son expression arrogante, je comprends que lui l'est. Je ne réponds pas et on s'affronte un long moment. Puis son expression se transforme. Je me raidis et fais un pas en arrière mais il m'attrape par le bras et le serre pendant qu'il me ramène vers lui, tout proche. Ça fait un mal de chien, oui, un mal de chien. Ses yeux sont fous. Je respire péniblement. Son cou est contracté et ses lèvres minces crispées. Il me souffle sa haine dans la figure et d'instinct je tente à nouveau de reculer mais il ne me lâche pas. Je ne devrais pas avoir peur mais ça ne change en rien la panique qui s'empare de moi. Je déglutis. Je lutte pour reprendre haleine mais la rapidité de mon souffle m'en empêche… Il se penche sur moi et m'enlace. Puis il pose ses lèvres sur les miennes et m'embrasse, il me force à entrouvrir la bouche, il introduit sa langue et m'embrasse profondément. Je m'efforce de remuer la tête, de fermer la bouche mais il me tient solidement, je m'en défends puis je réponds en me laissant aller contre lui, en me haïssant… Il me relâche et je tombe en arrière.

Je vous exècre tous les deux…

Sa voix râpeuse et haineuse me gifle la figure mais je me ressaisis. Je balbutie.

J'ai encore des corrections à y apporter.

Tu disposes d'une semaine. Sa voix est rauque de colère. Après ça, si le portrait n'est pas fini, je te détruirai, toi et tes portraits. Tu ne te remettras jamais sur pied. Je te conseille de me prendre au sérieux.

Aidez-moi à franchir la frontière américaine. Je dois retrouver Achille.

Il ricane…

Vous savez que vous pouvez me donner un coup de main. Pourquoi ne m'aidez-vous pas ?

34.

Le profil du lézard

Allongé sur son lit à regarder le plafond, le prisonnier se souvient de cet étudiant qui possédait une intuition pour les chiffres. Opportuniste et philosophiquement médiocre, il disposait pourtant des capacités pour mieux faire mais il se focalisait sur des inventions fantasques. Curieusement, il se donnait à lui-même des limites en n'articulant jamais au-delà de sa propre perception. L'étudiant n'avait pas de scrupule, ne doutait pas. Il développait une forme de délire de grandeur qui trouvait un terrain propice grâce à son flair et son instinct. Il comprenait assez l'informatique pour se lier avec des génies et investir dans leurs projets au nid. Un jour il avait revendu ses actions. Du jour au lendemain, il était devenu millionnaire. Il commença alors à investir dans ses propres idées.

L'étudiant venait régulièrement le voir dans son bureau, il s'asseyait et discutait. Au début il pensait que l'élève voulait apprendre, et sans doute flatté par son attention, il investissait du temps. Puis, peu à peu, l'attitude de l'étudiant changea. Devenant plus exigeant, il montrait des signes de jalousie quand d'autres élèves passaient au bureau. Son hostilité décourageait les autres. L'étudiant était amoureux.

Un soir, il découvrit que l'étudiant le suivait dans la rue. Il lui avait demandé s'il le filait et l'étudiant avait souri en disant que le hasard était une chose étrange, n'est-ce pas ? Puis, un soir en rentrant chez lui, l'étudiant marchait juste derrière lui et il n'avait pas hésité. En un mouvement sec et précis, il l'avait plaqué contre le mur et lui avait spécifié qu'il ne désirait plus le voir dans son environnement. L'étudiant disparut.

Les seules nouvelles qu'il eut de lui venaient de la télévision, ou des journaux. L'étudiant faisait parler de lui dans les médias, il s'enrichissait, investissait dans les technologies. Il ne suivait plus ses cours mais il le croisait parfois à Stanford. L'étudiant faisait semblant de l'ignorer. L'amour qu'il lui portait s'était transformé en haine.

Il revoit son visage, défiguré par la fureur froide. Il se souvient de comment il avait serré ses poings.

35.

Le kangourou étudie Diogène Laërce quand il neige, pour apprendre à courir plus vite

Fixant l'étude qu'il a conservée de son portrait, placée près du bar, Palantir se verse un verre d'eau filtrée. Il pense à Emma et à son histoire avec Achille. Quelle drôle de coïncidence. Il pose le verre sur le comptoir et se retourne pour étudier le portrait d'Achille, encore une fois. Il ne peut pas s'empêcher de le regarder. C'est plus fort que lui. Pourtant il croyait avoir dépassé tout ça. Après un bout de temps, il attrape le scalpel qu'il utilise pour les fruits. Il se positionne devant Achille et lui fait un doigt et se plante la pointe de la lame à côté de la veine principale de son poignet. Il introduit la lame dans sa chair et pratique une longue incision vers le haut. Il observe le tableau attentivement. Tu as vu, hein ? Je pense à toi… Un frisson le secoue, un frisson de plaisir. Le sang qui coule, si frais, la douleur, intense, aiguë, le fait bander. Il enfonce davantage le scalpel puis l'arrache de la plaie, le jette et il se penche sur la plaie et lèche le sang. La pulsion de vie qui se génère par le sang, par le mouvement, le flux, la respiration du mal, autant de stimulations.

Il s'essuie et applique sur sa blessure un pansement siliconé qu'une de ses sociétés produit spécialement pour lui. Il avale à nouveau une gorgée d'eau en contemplant les portraits. Tu sais qu'Emma est coincée à Paris. Elle sacrifierait… tout pour partir à Los Angeles. Je pourrais l'amener dans mon jet. J'imagine que tu veux que je l'aide ? Mais pourquoi ferais-je ça ? À Paris, elle ne peut plus te rencontrer. Elle ne perd plus de précieuses minutes dans tes bras. Elle se consacre exclusivement à mon tableau. C'est comme ça que je te la prends. Je maîtrise son temps. Son projet. Le portrait demeure son unique objectif. Rien ne doit la déconcentrer. Surtout pas toi. Tu ne croyais quand même pas que j'allais vous aider ? Le temps d'Emma m'appartient, à moi et aussi longtemps qu'elle travaillera sur le tableau. Je ne tolère pas que les gens ne se concentrent pas sur leur tâche. Toi, tu es faible, toujours distrait par quelques idées dépassées.

Il sent comme une démangeaison dans son corps. Même ses dents grincent. Il a envie de tuer le portrait et écorcher la bouche d'Achille et piétiner son sourire et ses yeux. Je pourrais te lacérer le visage. Certaines personnes me font cet effet-là, tu sais. Celles qui ne savent pas se consacrer à une idée, corps et âme. Comme toi. D'ordinaire, je m'en débarrasse immédiatement. Qui peut supporter un pareil malaise dans son corps toute la journée ?

Le virus m'a bien rendu service. Il a quasiment éliminé le futur de chacun. Personne ne peut plus s'imaginer dans le temps. Les gens vivront tout entiers dans leur présent, en essayant de gagner du temps pour eux. Ils ne vont pas réussir, bien sûr. Mais le télétravail renforcera le dévouement à l'entreprise et les rendra plus dociles. Avec moins de liens sociaux, ils ne vont même pas se rendre compte qu'ils sont en prison, à perpétuité. Ils vont rester chez eux et consommer des jeux, des séries, des films et ils vont débattre sur les divers réseaux sociaux, effectuer leurs achats en ligne, et je deviendrai définitivement maître du monde. Dieu. La sociabilité, la vie à l'extérieur appartient au passé. Des petits rebondissements par périodes, des *moments de respiration*, comme aime préciser le président français, seront accordés afin de s'assurer que l'ensemble ne craque pas. Certes, la population planétaire est en dépression mais uniquement parce que les gens conservent la mémoire de leur vie d'avant, de l'autre monde, le monde d'avant le changement de paradigme. Ils vont bien finir par s'habituer à leur nouvelle vie. Le jour viendra où l'idée même de se projeter n'existera plus. Avec l'apparition de la cancel culture, le passé se réécrit perpétuellement et s'annule de fait. Le passé n'existe plus, l'avenir non plus. Seul existe le présent. Tu n'as pas pu empêcher tout ça, hein ? Tant pis pour toi. Le monde appartient à ceux qui réussissent, à la force.

Le virus s'est finalement avéré plus efficace que tous les logiciels conçus pour manipuler les horaires de travail. Plus fort que les résistants comme toi. Ne pas pouvoir planifier son temps représente la pire des prisons. En plus, le virus a réglé les contestations en un clin d'œil. Et quand les gens se plaignent un peu trop, on ouvre la société, et les cafés et les bars s'activent pour un ou deux mois puis referment. Pas question d'accorder de la latitude aux projets, et par extension, à l'espoir. On pourrait croire que le virus a été fait sur mesure n'est-ce pas ? Nous, la tranche supérieure, pouvons enfin nous adonner sans interférences à la seule chose qui compte, notre projet. L'innovation. Bâtir quelque chose de neuf. C'est le nerf de la guerre, l'énergie vitale, ce pour quoi la vie vaut la peine.

Il s'empare d'une chaise et s'assoit devant son propre portrait. La manière dont Emma le voit et l'interprète le fascine et il s'en sert pour se défaire de son emprise à elle, pour se créer lui-même là, sur la toile. Quel dommage qu'elle soit si limitée dans son humanité. Ils auraient pu fonder une amitié. Comprendre, comme elle le fait, l'amoralité, l'abjection, la perversion induit forcément qu'elle abrite ces tendances en elle. Sinon, comment pourrait-elle en avoir non seulement la connaissance mais la compréhension et la sensibilité ? Quand elle le regarde, lui, elle se voit, elle, en même temps. Ils se reflètent l'un dans l'autre. Et elle doit en être consciente. C'est pour cela qu'elle persévère dans sa résistance. Il méprise la résistance et la considère comme un signe explicite et souffreteux d'une espèce de morale antidatée mais utile en tant que moyen de contrôle et de manipulation. Tant que les gens œuvrent pour la morale, le monde selon lui tiendra. Dieu merci que la majorité soit si faible et si simpliste. Qui pourrait imaginer un monde entier de Seigneurs, rien que des Seigneurs ? Par chance, ils s'annulent mutuellement dès qu'il y en a trop. Il le faut. Leur rareté fait leur force. Tous ne peuvent pas devenir maîtres. Il faut nécessairement des serviteurs pour maintenir un équilibre.

Il lui dira, peut-être, à Emma qu'il l'aidera une fois que le portrait sera fini. De toute façon, grâce au virus il continuera à contrôler les pays. L'état d'urgence sanitaire est du pain béni pour le pouvoir, le vrai pouvoir. L'État français, aux prises avec son arrogance, n'arrive pas à s'organiser et il accuse un retard notable sur tous les sujets majeurs. Peu importe. Ce n'est pas très important. Le gouvernement a finalement su s'emparer du virus. Il ne s'est pas fait prier sur le développement du télétravail. Il a tout à gagner d'une dissociation sociale. Ce projet était en attente depuis des lustres. Isoler les individus chez eux, en les obligeant à travailler à distance, accroît considérablement le bénéfice. Plus besoin de locaux, de cantine, de temps de vacances payé. Les gens finiront par s'habituer. Évidemment, bâillonner la culture était indispensable. Tant qu'elle circule, les gens éprouveront le désir de liberté et le désir de se retrouver ensemble. C'était l'une des premières mesures des États, interdire la culture.

À long terme, le travail à domicile augmentera le chômage. Une fois que les gens travaillent chez eux, c'est facile de les remplacer. Et qui le verra ? Le lien social est suspendu. Personne ne soupçonnera l'installation en profondeur des algorithmes.

Il se frotte les mains. Il n'arrête pas de vendre des algorithmes aux entreprises et aux gouvernements. Jamais il n'a été aussi riche. Le virus l'a propulsé en maître du monde et il est indisposé à renoncer à son pouvoir. Un pouvoir aussi incontestable rend acceptable toute la pauvreté du monde.

Emma. Il tourne son prénom dans sa bouche. Emma. Il se demande si elle sait à quel point elle le dérange. Rien que sa présence dans le monde représente une insulte à son intelligence. Ces gens qui ne savent pas, qui ne savent rien, qui ne sont rien, si ce n'est une somme d'imperfections, l'agacent. Il déteste être agacé. Il pose sa main sur son pénis et le caresse. Il éprouve un début d'érection. Il aimerait pouvoir ne pas y penser et faire abstraction de l'imperfection mais il ne peut pas. C'est comme quand il entre dans une pièce. Il remarque immédiatement l'erreur et la rectifie. C'est ainsi qu'il se définit. Il est un correcteur. Il corrige les défauts. Seulement l'humanité présente trop de défectuosités. Négligence, incompétence, ignorance, incohérence, imprécision, défaillance. La liste est infinie. Une accumulation de défauts, de manquements, de problèmes. Il y a trop à retoucher. Le plus simple et le plus économique serait le remplacement, la seule manière de parvenir à une société qui fasse sens et sauver en même temps la planète. L'homme demeure l'obstacle. Les gens en puissance comme lui succombent inéluctablement au service des faibles et il faut que ça change. Pourquoi la société devrait-elle s'aligner sur des incapables ou des inaptes à survivre ? Des gens interchangeables ? Le temps d'en finir avec cette idée est arrivé. Il suffit de lire Darwin pour tout saisir. La sélection naturelle. Et Ayn Rand qui adapte cette sélection à l'espèce humaine.

La société pourrait être si belle. Harmonieuse.

Toutes ses recherches sur l'immortalité et l'augmentation de l'intelligence humaine par la machine engendrent un problème crucial. Les gens protestent, ils le diabolisent et il ne se l'explique toujours pas. Pourquoi se nier une longue vie ? Qui ne désire pas vivre éternellement ? Il avait été surpris le jour où il avait compris que la majorité refusait l'immortalité. Ils ne goûtent pas la vie. Et pourquoi ? Pour une histoire de religion ? L'homme amplifié est Dieu. Ils ne le comprennent pas, ça. L'homme conçoit puis devient Dieu, par son augmentation. Mais les hommes sont médiocres. Ils ne veulent pas être Dieu. Leur immaturité ralentit le monde, voire le détruit. Eh bien, qu'ils crèvent. S'en défaire nécessite du doigté et de la discrétion et c'est compliqué à mettre en place, le processus final prend du temps mais ça se fera.

Le virus est vraiment tombé à point nommé. Depuis son arrivée, ses idées ont fait un bond en avant. Les morts aussi, quoique pas assez. Au bout du compte, peu sont décédés de ce virus. Même pas une goutte dans l'océan. Ils pleurnichent partout sur la planète à cause de deux millions de morts.

Deux millions sur huit milliards. Ce n'est rien, absolument rien. Et combien de millions avaient perdu la vie lors de la Première Guerre mondiale ? Et la Deuxième ? Vingt-cinq millions ? Deux millions ne représentent rien.

Il pense à Achille et lentement, avec délectation, il enfonce ses ongles dans la chair de son entrejambe. La douleur devrait être liée au plaisir, jamais à la souffrance. Il revient vers le portrait d'Achille et s'assoit devant.

Tu es toujours une épine dans mon œil. Tu te souviens de notre rencontre ? Je n'ai jamais pu te pardonner. Je savais déjà que j'étais un élu. Je l'avais d'ailleurs prouvé assez rapidement. D'autres professeurs, plus sensibles à mon égard, avaient bien observé mon exceptionnelle capacité à penser plus loin que les autres. Mais je m'étais entiché de toi, Achille. Je pensais que tu verrais par toi-même que j'étais un élu. Or, tu as ri. J'entends encore ton rire. Tu avais fait de l'humour, disant que l'humanité serait bien mal lotie avec moi comme Dieu. Tu m'avais mortellement vexé. Jamais je n'oublierai cette soirée-là. Jamais. Et pour qui te prenais-tu ?

Il n'avait pas montré à Achille ce soir-là à quel point il avait été mortifié, il avait incliné la tête, plié la nuque et commencé à le haïr. Peu à peu il s'est éloigné du cercle d'Achille.

Achille est devenu une contrainte, pas seulement pour lui personnellement mais pour le nouvel ordre mondial. Heureusement que ceux qui pensent comme Achille ne se propagent pas à la manière du virus. Mais il faut quand même le tenir à l'œil. On ne sait jamais. Il n'est pas exclu qu'il arrive à trouver le mot juste qui résonne avec les questions que se posent les gens, et qui les feraient exploser.

Aussi, quand il a su qu'Achille était de plus en plus écouté par ses élèves, il s'est attelé à le surveiller. Il part du principe qu'un désagrément se règle dès qu'il est visible, pour qu'il n'y ait pas de transmission. Il évite ainsi la contagion et son aggravation en toute chose. C'est de cette manière qu'il a appris qu'Achille avait rencontré Emma qui travaillait déjà sur son portrait.

Il s'empare de son téléphone et donne des ordres.

36.

Effacement et censure et des moules en colère

L'hôtel Grimod de la Reynière, qui abrite la chancellerie de l'ambassade des États-Unis est assiégé. Un tag sur la façade qui donne rue Boissy-d'Anglas captive toutes les attentions. Le visage d'Achille s'est emparé de la façade. La simplicité du dessin, le sérieux de son regard, son air renfrogné s'imposent sur les passants. *Achille* est écrit en grosses lettres et le nom est posé sur un socle composé de questions. Des passants prennent des photos à tour de bras, le buzz se forme en direct, viens voir, on a trouvé un Achille, viens vite. Des amateurs de street art et des amoureux de la liberté s'y sont précipités et la foule attire la foule.

Je longe lentement la place de la Concorde, interceptant les conversations. Il n'est plus question d'Achille mais de liberté, d'appropriation de la vie, du pouvoir immense des entreprises et des géants technologiques, du fait qu'on ne sait pas, qu'on doute et qu'on arrive à soupçonner les dirigeants censés nous guider… Un chant du cygne qui a ému une petite partie de la population et qui proteste contre la mise à mort de la culture, en estampillant les artistes en non essentiels. *Nous voulons des artistes, pas des clochards. Nous voulons de l'art digne, pas de l'art qui mendie.* Comme pour défier le virus et la distanciation, les gens se massent les uns contre les autres. Et les gestes barrières, crie une voix féminine dans la foule. Tuer la culture et l'art, faire taire la littérature, la philosophie, censurer l'intellect, tout est mis en œuvre pour que ça réussisse. Extraire jusqu'à la possibilité de penser, un projet millénaire qui se réalise enfin. L'envie de mettre le feu à l'Élysée, à la Maison-Blanche, à tous les lieux spécialisés en arnaque du peuple, me saisit tout à coup. Que ce soit la majorité ou les gouvernements successifs, tout est prévu depuis des générations pour rétrécir l'espace accordé à l'enrichissement de l'intelligence, à l'interrogation et à ceux qui cherchent de nouveaux angles de vue, de nouvelles manières de lier les choses entre elles, inédites, que ce soit les mots ou les couleurs ou les matériaux. Les amoureux de l'art sont là, prêts à explorer la ville en quête d'une nouvelle fresque et prêts à en découdre pour qu'elle garde sa place. Ils ne représentent pas la majorité mais ils sont déterminés à manifester pour l'art et contre le pouvoir total. *Tu devrais assister à ça, Palantir*. Ils protestent pour faire savoir qu'ils ne se sont pas endormis, que ce n'est pas parce qu'ils arborent des masques qu'ils sont dupes. On est là pour dire qu'on se passionne pour l'art. Pour dire non à la déclassification. *Pour qu'on nous rende Achille.* On n'en veut plus de la prison, du confinement, d'une société qui classe les gens en essentiels ou non essentiels. L'amour pour Achille ou les moufles de Bernie Sanders, tout ce qui échappe aux lois économiques savamment calculées, est soutenu par cette foule sur les dents. Je sens l'excitation me gagner. Tout est possible si les gens le veulent. En définitive, la rue décide.

En équilibre instable, entre le mécontentement et la joie de se trouver dans un attroupement, de sentir physiquement le contact humain et cette énergie des flux si spéciale et stimulante que les foules produisent, ils ne savent pas quoi faire ni quoi revendiquer. On montre qu'on est là, c'est tout. Le street artiste ne s'est pas conformé aux consignes pourtant claires. Ne quittez pas la maison. Se plier aux barrières sanitaires. Ne parlez pas. Ne touchez personne. Restez chez vous. Attendez.

Attendre quoi ? demande la foultitude. De mourir ?

Subitement un petit camion pile devant l'ambassade américaine et des hommes en combinaison de protection, portant des masques, descendent et déchargent du matériel haute pression d'aérogommage pour effacer le graffiti. Le cri de guerre. J'aime penser que la question qui se répète de mur en mur sonne comme un ultimatum et qu'elle fera la différence mais je suis bien consciente que chacun participe pour ses interrogations propres, que chacun possède une lecture particulière et une intention personnelle et que le pochoir n'est qu'un déclencheur. Pratiquement n'importe quoi peut provoquer le déclic qui rend visible le changement. Il est inévitable.

La foule s'approche du camion devant la fresque. Des jeunes lancent des revendications. On veut nos vies. Un murmure fort émane de la foule en soutien. L'art, c'est la vie. Le droit de s'exposer, d'être, de poser sa signature sur le monde. D'inscrire des traces dans la cité. Laisser une empreinte est un droit qui appartient à tous. Se nommer compte et donne du sens à sa vie. Ne nous cherche pas noise à nous, la rue. Parce qu'on a l'intention de répondre. Et si ça devient moche, on rendra coup pour coup.

Deux autres voitures aux vitres teintées arrivent. Des hommes en uniforme noir en descendent. Ils sont armés.

Ils ressemblent à des CRS mais je n'identifie pas leurs uniformes. Peut-être est-ce une nouvelle unité.

Ils se postent devant la foule. Un bâtiment officiel ne se tague pas. Derrière eux, les trois nettoyeurs démarrent leur machine à pression et commencent à décaper la fresque. La foule grogne. Elle exhibe ses crocs. Quelques jeunes se jettent entre le mur et les effaceurs. Pas question, gueulent les courageux. On n'accepte pas l'effacement.

Pas d'effacement, pas d'effacement, clame la foule.

Les nettoyeurs arrêtent leurs machines et baissent leurs bras et attendent, observant alternativement les hommes armés et les spectateurs. Ils ne sont pas pressés. Ça fera des heures supplémentaires, ce qui ne leur déplaît pas. Puis les graffitis ne les dérangent pas. L'un d'eux, Kevin, un jeune gars avec les cheveux décolorés en un blond gris perle et portant un masque avec des petits drapeaux français, a un frère graffeur qui s'est fait poursuivre par la police déjà trois fois. Kevin parle beaucoup avec son frère de sa passion pour le street art. Les écoles d'art, dit son frère, c'est pour les riches, ceux qui ont des relations et des parents qui payent pour eux et qui obtiennent un accès aux galeries parce qu'ils ont le moyen de financer les études. Nous autres, on se débrouille avec les murs de la ville. On est obligés de transformer la ville en canevas pour exercer notre art. Parfois ça marche et on décroche le gros lot. Il faut ce qu'il faut. Mais c'est beau, non ? La vie qui pousse comme une fleur sauvage sur les murs...

Lorsque Kevin avait signé son contrat d'embauche, la dispute avec son frère avait été âpre. Il avait promis que ce ne serait pas pour la vie. Il fallait bien qu'il gagne de l'argent puis ça lui permettait d'accompagner et de préserver l'art de son frère. Ils avaient fini par sceller la paix.

Les hommes armés arborent des masques noirs. Reculez, dit l'un d'eux d'une voix vigoureuse. Reculez immédiatement. Ce bâtiment ne vous appartient pas.

C'est de l'art. Vous n'avez pas le droit. La ville est à nous. La rue est au peuple, crie une femme dans la foule. Ça nous appartient. À nous, la rue.

Ce n'est pas de l'art. C'est du vandalisme, répond flegmatiquement l'un des hommes en noir. C'est illégal et vous devez vous éloigner. On ne veut pas vous faire de mal. Il tape son tonfa contre sa cuisse.

Vous n'avez pas le droit de nous toucher, dit une femme de carrure imposante, avec des cheveux longs tenus par une queue-de-cheval et une barbe naissante. Son masque vert pomme, tout petit, couvre juste le nez et la bouche.

La police ne va pas tarder. Partez maintenant. Évitons l'escalade.

L'homme en noir essaie de calmer la foule, comme il l'a appris mais la foule le rejette, elle veut en découdre, elle en a marre d'être prise pour le pigeon, ou pour une quantité négligeable. La foule bénéficie de droits et elle exige qu'on les reconnaisse.

Des sirènes de police s'approchent. Un mot d'ordre spontané émerge d'on ne sait où, d'un fantôme, ou de l'écureuil qui, de son arbre, observe la scène avec intérêt et les spectateurs sortent leur téléphone portable et commencent à filmer, faisant tourner l'objectif du téléphone entre les hommes armés et les nettoyeurs et le graffiti et les forces de l'ordre qui arrivent.

Les deux véhicules se garent au milieu de la chaussée et, la main sur le pistolet et l'œil inquiet, quelques agents bondissent de la voiture. Ils sont très jeunes, probablement tout juste sortis de l'académie. Je bats en retraite pour être mieux cachée par la foule, même si c'est absurde. D'abord, personne ne me connaît. Ensuite on porte tous des masques. Je recule par instinct, comme toujours quand j'aperçois les forces de l'ordre. Autant je les considère nécessaires, autant je n'ai pas confiance, surtout pas en leur éducation qui me semble insatisfaisante.

Je positionne mon appareil photo sur accéléré et mitraille les gens qui se situent devant la fresque, la police protégeant les camions prévus pour l'effacement. Ça insuffle de la force au graffiti. L'interdit, la désobéissance et l'affrontement avec la police renforcent la valeur d'une pièce d'art, tout comme la narration attachée à une pièce confère du caractère, de la personnalité, en fait une histoire intéressante. Ou non. Au bout du compte, tout devient matière à fiction parce que tout est fiction. Je partage les clichés des officiers de police qui approchent.

Devant la fresque, dévisageant les nettoyeurs et les hommes en noir et les spectateurs, les officiers de police se positionnent en rang dans une tentative d'encadrement de la foule. Il faut la calmer, à tout prix. Le plus vieux d'entre eux franchit quelques mètres pour se trouver au milieu et à voix haute, il ordonne au rassemblement de se disperser, c'est fini, il n'y a plus rien à regarder, rentrez chez vous.

La foule ne bouge pas. Un nettoyeur qui pense que c'est effectivement fini et qu'il peut reprendre le boulot, allez savoir pourquoi il fait ça, redémarre sa machine à pression et dirige la lance sur la fresque. La foule se propulse en avant et un homme lui harponne la main qui tient la poignée de la machine. L'homme saisit la lance, la jette par terre et commence à la piétiner. Saloperie de machine, siffle-t-il entre ses lèvres serrées.

Exaltée par cette période de liberté après le confinement, la foule en a marre des ordres arbitraires, des passe-droits, de la galère toujours plus intense, elle en a assez de ceux qui les manipulent économiquement à en perdre le souffle et quand elle dit non, ça suffit, un esprit intelligent s'arrête et écoute et recule et essaie d'arranger au mieux la situation. Mais les nettoyeurs, pour soutenir leur ami et mus eux aussi par la colère, parce qu'ils ont travaillé durant les confinements, s'exposant davantage au virus, parce qu'on les empêche d'exécuter la tâche pour laquelle ils sont rémunérés et qu'ils ne veulent pas se retrouver à la rue avec leurs familles, pour faire la manche et vivre sous une tente avec d'autres sans-abri qui avaient eux plié la nuque et accepté de perdre leur emploi, avancent d'un pas et démarrent leurs machines à pression et visent la foule. Inlassablement ils aspergent la foule qui crie de douleur et qui, aveuglée par les jets, heurte violemment les policiers et les hommes en noir qui tentent de profiter de la situation pour plaquer les manifestants à terre mais les hommes et les femmes blessés ne l'entendent pas ainsi et portés par une colère antique qui passe de la résistance au combat à mains nues, ils attaquent les uniformes qui représentent l'autorité et ils hurlent des mots d'insulte et des mots de guerre et le chaos est total et les policiers sortent leurs revolvers pour se défendre et l'un d'eux tire en l'air pour que le bordel cesse mais la foule se déchaîne et des passants se joignent à la bataille. Des cris se mêlent à des tirs et des mots orduriers se noient dans le vacarme des voitures qui klaxonnent. Je prends des clichés en me déplaçant. Un flic me voit et s'approche et je ne sais pas pourquoi mais je commence à courir. Il est temps de s'extraire du chaos.

À une dizaine de mètres, des jeunes tournent des vidéos et prennent des photos qu'ils partagent sur les réseaux sociaux. L'art se rebelle. La Covid et l'art, le mauvais ménage. Je m'arrête derrière un arbre et jette un œil sur les réseaux. C'est déjà partout. Les commentaires et les *j'aime* s'étendent sur la toile à la vitesse de l'éclair. Quelques personnes se précipitent vers moi. Elles essaient elles aussi de s'éloigner. Je m'élance quand un coup de feu me fait trébucher. Arrêtez-vous, s'époumone une voix profonde derrière moi. Arrêtez ou je tire à nouveau. Je ne sais pas si l'on me parle à moi spécifiquement mais je ralentis en tournant la tête. Un homme me regarde, il a baissé son arme et attend peut-être que j'obéisse mais ce n'est pas ce que je fais. Faire de l'art et entrer volontairement dans la gueule du loup n'est pas vraiment interdépendant. J'accélère et cours aussi vite que je le peux.

L'artiste du graffiti est nommé le Terroriste. Personne ne détient assez de data pour réaliser un portrait mais le surnom suffit amplement pour que la narration commence, pour que la fiction se crée. Le buzz s'intensifie.

37.

Une vache n'a le droit de voyager que si elle peut prouver qu'elle ne sait pas lire

Retourne-toi.

Il se retourne et colle le dos contre le mur. Le gardien, la main sur son pistolet, l'observe avec une drôle d'expression. Au bout d'un long moment, il parle enfin.

Ce matin, ils ont signifié l'ordre de ta libération… Seulement vingt minutes plus tard, j'ai reçu un contre-ordre. La libération est annulée. On dirait que ça ne se fera pas…

Le prisonnier lui dit faiblement qu'il n'a pas le droit. Le libre arbitre est un droit fondamental.

Le droit ne représente rien ici. Tu n'es personne. Le libre arbitre n'est qu'une idée.

Le prisonnier déglutit. Il veut revoir le ciel et le soleil et sentir la vie sur sa peau et ses caresses à elle, il veut encore vivre et pas question qu'on l'en empêche. Il observe son geôlier, évalue sa force, examine ses mouvements. Il est temps de se battre pour sa liberté.

Le gardien avance d'un pas vers le détenu. Son visage est fendu d'un sourire malveillant, une grimace crispée qui tend vers le plaisir et il s'arrête juste devant lui, il pointe son pistolet sur sa poitrine et lui ordonne de se mettre à genoux. Il déboutonne lentement sa braguette. Je ne suis pas gay, il déclare, le visage rouge et moite. Le pénis est désormais dehors, il bande tout droit, le bout blême. Il le rapproche de la bouche du détenu qui tourne la tête et se penche en arrière. Le gardien lui assène un coup de crosse sur le côté du visage, assez dur pour lui faire mal, pas assez pour l'empêcher de le sucer. Redresse-toi. Et prends-moi dans ta bouche, intime le gardien, la voix étranglée, le visage déformé. Le prisonnier se redresse. Devant lui, le pénis. Docile, il plaque ses mains sur les fesses du gardien qui déjà anticipe son plaisir et attrapant le pénis de sa bouche, il le mord de toutes ses forces. Le gardien hurle de douleur. Il lâche son pistolet, essaie d'empoigner la tête du détenu qui serre ses dents sur le pénis en tenant le gardien par les fesses. Puis, subitement, le prisonnier desserre sa prise et de toutes ses forces, il projette le gardien dans le mur, lui flanque un coup de coude dans la figure et un coup sur la base du cou. Pendant que le geôlier cherche à se récupérer, le prisonnier saisit le pistolet et en administre deux coups de crosse sur son crâne. Il tombe lourdement. Le prisonnier s'empare des menottes et les passe autour des poignets de son surveillant. Il lui enlève ses chaussettes et les lui enfouit dans la bouche. Il ôte son masque et le pose sur les yeux du gardien. Il s'assure qu'il peut respirer et quand il a fini de s'assurer qu'il ne puisse donner l'alarme, il sort de la cellule et ferme derrière lui.

38.

La vengeance des perroquets

Palantir plisse les yeux en me dévisageant. Il me mesure et me pèse comme si j'étais une denrée alimentaire.

Ce n'est pas encore terminé ?

Non. Pas encore.

Je me tiens devant le tableau, un couteau de peintre à la main et je modifie un empâtement épais en dégradé. Pour plus d'effet j'ai utilisé des couleurs primaires et les ai déclinées en secondaires et tertiaires.

Tu veux toujours partir à L.A. ?

Je hoche la tête. Il le sait bien. Je lui demande à chacun de ses voyages de m'emmener dans son jet privé. Pourquoi me pose-t-il la question ? C'est bête et ça m'agace… Ça ne lui coûterait rien mais il répond non systématiquement. Il doit y éprouver du plaisir. Ma colère bouillonne, chaude, jaune, orange, rouge. Des gros traits d'énervement et de rancœur. Je n'ai pas envie de le regarder dans les yeux mais je m'efforce de ne pas le lâcher.

Je t'y conduirai quand le portrait sera achevé.

C'est le cas.

Tu viens de dire qu'il n'était pas fini.

Il l'est à présent.

Je sens l'année de restrictions, de confinements, d'extinction de liberté, de manque d'amour, l'absence d'Achille dans ma vie, le poids de la détresse, d'un monde en deuil et secoué par la peur et la haine, et qui me fait trembler, qui me fait frissonner, qui me fait perdre la tête, qui remue en rage, en rage, en rage… Il faut que je parte à Los Angeles… Ma voix est extrêmement tendue, nerveuse. Une sorte de vertige brouille ma vision qui vacille, comme si elle me lâchait. Je cligne des yeux plusieurs fois pour les irriguer.

Il s'approche du tableau et se pose à côté de moi, tout près. Il fait cette grimace qui passe pour un sourire. Très bien, dit-il lentement. Il était temps. J'enverrai mes hommes chercher le portrait plus tard dans la soirée. Sans rien ajouter, il l'observe. Il avance la main, touche la surface de son index. La texture me plaît. Il est doux par moments, presque chaud, et vivant. Il suit le contour de son visage. Près de l'oreille, il gratte le lobe. Trop épais, il dit.

Le tableau lui appartient, je ne peux rien dire. Je me tais. Je veux en finir avec lui, au plus vite.

J'ai préparé ma valise, je dis. Il se tourne vers moi. Il a l'air surpris. Pardon ?

Ma valise est prête. Je vous accompagne à Los Angeles. Je fais mine d'aller vers ma chambre.

Tu ne crois tout de même pas que tu m'accompagneras ? Il n'en est pas question.

Vous l'aviez promis.

Et alors ? Je promets tant de choses. Le tableau est terminé et je l'emporte avec moi. En ce qui te concerne, tu n'as plus de fonction. Tu dois disparaître. Comme je te l'ai déjà expliqué, c'est simple, facile. Je t'effacerai. Il se tourne vers le portrait en sortant son téléphone de sa poche. Passez-moi Ryan. Il me regarde du coin de l'œil. Ryan est mon chef de la sécurité. Ryan. Oui. Tu as les fiches d'Emma et d'Achille ? Il hoche vaguement la tête. Parfait. Efface-les comme convenu. Tous les deux. Bien. Il recule de quelques pas et pivote, de façon à me faire face. Tu n'existes plus, il me dit. Tu viens d'être effacée. Tout comme Achille.

À nouveau ce vertige, un genre de retrait de réalité. Ça me démange, terriblement. J'étouffe de colère, de rage contenue depuis trop longtemps, depuis le début du confinement et je bondis sur lui et lui gifle le visage. Surpris, il se fige. Je le frappe et il ne réagit pas. J'y mets toute mon énergie pour qu'il endure la douleur de mon année de non-vie, qu'il paye pour la fermeture du monde et la disparition d'Achille. Je te hais. J'entends mes cris, je te hais et je crie encore mon indignation, cette fureur qui monte depuis le commencement de l'univers et je frappe partout où je trouve de la chair et je crie comme un animal blessé qui lutte pour sa survie et je crie ma haine et mon désespoir et mon impuissance et ma détresse et je m'abreuve de ma violence, de ma sauvagerie et je me nourris de la puissance de cette chaleur qui se répand à travers mon corps, un fleuve de lave et de sucre sur des ailes de papillon et je sens ma libération, je me retrouve et ma fibre de vie et l'ivresse de sentir ce feu couler dans mes veines, dans mon corps sur les ailes d'un papillon rouge, jaune, orange, et j'avance la main pour toucher le papillon et je frappe encore et encore et je crie de joie, de haine…

Il est roulé en boule par terre, baignant dans son sang. Épuisée, j'arrête de le frapper. Mon corps tremble, j'ai du mal à rester debout. Je m'agenouille à côté de lui. Je lui crache dessus. Il me subsiste une envie de lui lacérer le visage de mes ongles. Entre mes sanglots, je lui dis combien je le hais et il ne me regarde plus et ne sourit plus. Sa bouche ouverte forme un rictus curieux, presque un rugissement mais qui s'est paralysé sans qu'un son en sorte. Il a l'air mort. Je n'arrive pas à voir à cause de mes larmes et je le secoue pour le faire tourner, pour qu'il soit sur le dos et je plaque ma main sur son cœur. T'es pas mort, mon salaud, je ne te laisserai pas t'en aller comme ça. Je ne distingue aucun battement. Essuyant mes larmes qui continuent de couler, j'approche mon visage de sa bouche. Pas de souffle. J'appose mon doigt sur son pouls. Rien. Je crois qu'il est parti. Il a rendu son dernier souffle par un dernier soupir. Son âme pourrie disparaît avec son mépris du vivant. Je le pousse, je le frappe, bouge, salaud mais la vérité est là, qui me regarde à travers ses yeux vitreux et glauques, je l'ai tué de mes mains nues. La colère s'éloigne, doucement, me laissant désorientée, confuse. Dis-moi ce que je dois faire, je lui crie en lui frappant la poitrine. Je n'ai jamais assisté à la mort, je ne sais pas quoi faire. Je passe mon bras sur mon visage pour sécher mes larmes mais elles continuent de se déverser et de m'aveugler. Je manque d'expérience, alors il y a forcément des signes de vie que je ne connais pas. Oui, c'est ça, il existe des signes de vie dont je ne sais rien. Il ne peut pas être mort. C'est impossible. Les gens comme lui ne meurent jamais. Je dépose le couteau ensanglanté à côté de lui. Je m'essuie les mains dans le torchon qui pend sur le chevalet. Je n'ai pas pu le tuer. Je ne suis pas un assassin. Et je ne suis pas assez forte. Il se repose un peu, c'est tout. Puis il a provoqué ma colère. Il faut faire attention en temps de Covid. Ça exalte les émotions, les sentiments. Tu n'aurais pas dû jouer avec moi, hein ? Toute la planète vit dans un état d'exception, d'embrasement, de prise d'assaut entre la peur et la privation de liberté, coincée dans un cauchemar éveillé. Personne n'est dans son état normal. Je ne me trouve pas dans mon état normal. La planète entière est en dépression. Ce n'est pas un bon jour pour la moquerie. Il ne m'écoute pas. Ce n'est pas grave. Je lui répéterai quand il reviendra à lui. Qu'il ne faut pas me taquiner. Je me penche sur lui. Je te hais, je dis.

Je me mets debout et m'empare de mon téléphone et prends une série de photos du portrait de Palantir. J'ai une sensation étrange dans le ventre, une attente, un prélude à quelque chose de bien, je le sens comme une forme de plaisir, ça chatouille. J'examine les photos. Elles ne sont pas mal du tout. Chancelante, je m'achemine vers la cuisine, où je me saisis d'une paire de ciseaux et retourne au tableau. Mon cœur bat tellement fort. Pourtant je suis seule, personne ne m'observe. J'élève le bras et ouvre délicatement les ciseaux. J'espère de toute mon âme que jamais je ne le regretterai. Si on me demande un jour pourquoi je fais ce que je suis en train de faire, je ne saurai pas répondre. Je dirai simplement qu'il le fallait, que je ne me sentais pas de voir ce portrait entrer dans l'Histoire. Ce n'est pas le monde que je veux. J'ouvre grand les ciseaux et commence à couper dans la toile…

Est-ce que j'ai rêvé ? Je considère mes mains, tachées de peinture, rouge, orange, jaune, vert, rouge. Il y a beaucoup de rouge. J'ai enlevé le pochoir très fin que j'avais préparé en amont et j'ai presque achevé ma fresque mais je continue à travailler dessus. J'ai peur de rentrer… Ce cauchemar paraissait si réel. Je sens encore la rage, comment ça m'étouffait, la violence inouïe dans mes bras, ce désir de détruire

Palantir… Au moins je ne le reverrai plus… Je recule de quelques mètres pour voir le résultat. Vert, rouge, orange, jaune, le perroquet déploie ses ailes, et avec l'algorithme de l'amour dans le bec, il vole droit devant lui, prêt à larguer la bombe ultime…

Mes remerciements à mes amis, à ma famille, à ceux qui ont toujours été là :

Leonard Finnegan, pour le simple fait d'exister

Bruno Gillot, pour son amitié infaillible

Alain Mabanckou, mon grand ami

Mike Lean, Vivian Lean, my dear friends who appreciates a good discussion

Christophe Desouches, pour ses conseils précieux et son soutien

Aurélien Masson, pour être mon éditeur

Paul Petersen, mon père

Evelyne Wenzinger, Marie Desmeures, Delphine Delas, Philippe Raymond-Thimonga, Philippine Cruse, Janne Romild, A. A., Guillaume Charlet, mes amis indéfectibles.

Du même auteur

Le Jeu de la facilité, Autres Temps, 2000
Parfois il discutait avec Dieu, Actes Sud, 2004
Une fenêtre au hasard, Actes Sud, 2005, Babel, 2010
Passer le pont, Actes Sud, 2007
Iouri, Actes Sud, 2009
Une livre de chair, Actes Sud, 2010
Le Chien de Don Quichotte, La Branche, 2012, Pocket, 2015
Un écrivain, un vrai, Actes Sud, 2013, Babel, 2017
Instinct primaire, NiL, 2013
Mon nom est Dieu, Plon, 2014
Paradigma, Les Arènes, 2019

Dans la même collection

EQUINOX

Racket, Dominique Manotti, mars 2018
Un feu dans la plaine, Thomas Sands, mars 2018
Ceci est mon corps, Patrick Michael Finn, avril 2018
Mamie Luger, Benoît Philippon, mai 2018
Requiem pour Miranda, Sylvain Kermici, septembre 2018
Présumée disparue, Susie Steiner, octobre 2018
L'éternité n'est pas pour nous, Patrick Delperdange, octobre 2018
Les Féroces, Jedidiah Ayres, novembre 2018
L'Étoile du Nord, D.B. John, janvier 2019
Mauvais œil, Marie Van Moere, janvier 2019
La Vague, Ingrid Astier, février 2019
Paradigma, Pia Petersen, février 2019
Cherry, Nico Walker, avril 2019
Ma douleur est sauvagerie, Pierric Guittaut, avril 2019
Le Triomphant, Clément Milian, mai 2019
Glory Hole, Frédéric Jaccaud, mai 2019
L'Icône, Thierry Marignac, septembre 2019
Personne inconnue, Susie Steiner, septembre 2019
La Meute, Thomas Bronnec, octobre 2019
Le Second Disciple, Kenan Görgün, novembre 2019
City of Windows, Robert Pobi, janvier 2020
C'est pour ton bien, Patrick Delperdange, février 2020
Donbass, Benoît Vitkine, février 2020
Joueuse, Benoît Philippon, mars 2020
Marseille 73, Dominique Manotti, juin 2020
The Cry, Helen Fitzgerald, juin 2020
L'Un des tiens, Thomas Sands, octobre 2020
Tu me manqueras demain, Heine Bakkeid, octobre 2020
Lëd, Caryl Férey, janvier 2021
Tous complices !, Benoit Marchisio, février 2021
Un dernier ballon pour la route, Benjamin Dierstein, mars 2021
Serial Bomber, Robert Pobi, avril 2021
L'Heure du loup, Pierric Guittaut, avril 2021
Rendez-vous au paradis, Heine Bakkeid, mai 2021
Pandémonium, Sylvain Kermici, août 2021
Green Man, David Klass, septembre 2021
Garde le silence, Susie Steiner, octobre 2021
Milliame Vendetta, Bernard Muñoz, octobre 2021
La Cour des mirages, Benjamin Dierstein, janvier 2022
(coéd. Nouveau Monde éditions)

Jolies Choses, Janelle Brown, janvier 2022
Les Loups, Benoît Vitkine, février 2022
La Fille du ninja, Tori Eldridge, février 2022
Le chat qui ne pouvait pas tourner, Anne Dhoquois, mars 2022
Mycélium, Fabrice Jambois, avril 2022
Petiote, Benoît Philippon, mai 2022
Plein sud, Benoit Marchisio, mai 2022
Quartiers Sud, Bérengère de Montalier, juin 2022
Je suis le fils de ma peine, Thomas Sands, août 2022

L'exemplaire que vous tenez entre les mains
a été rendu possible grâce au travail de toute une équipe.

Édition : Aurélien Masson
Couverture et conception graphique : Éric Pillault
Illustration de couverture : Kristian Hammerstad
Logo EquinoX : Killoffer
Révision : Leslie Auguste, Anne-Soazig Brochoire et Isabelle Paccalet
Mise en page : Soft Office
Photogravure : Point 11
Fabrication : Lucie Le Bon
Commercial et marketing : Pierre Bottura
Coordination : Jean-Baptiste Noailhat
Relations libraires et réseaux sociaux : Laura Darmon et Damien Nassar
Presse et communication : Hind Boutaljante
avec Axelle Vergeade
Les Arènes du savoir : Pierre Bottura avec Marc Blactot, Laura Darmon,
Adèle Hybre, Guillaume Lollier et Clémentine Malgras

Rue Jacob diffusion : Élise Lacaze (direction), Katia Berry (grand Sud-Est),
François-Marie Bironneau (Nord et Est), Charlotte Jeunesse (Paris et région
parisienne), Christelle Guilleminot (grand Sud-Ouest), Laure Sagot
(grand Ouest), Diane Maretheu (coordination), Charlotte Knibiehly
(ventes directes) et Camille Saunier (librairies spécialisées)

Distribution : Interforum

Droits France et juridique : Bertille Comar, Geoffroy Fauchier-Magnan
et Anne-Laure Stérin
Droits étrangers : Sophie Langlais
Accueil et librairie : Laurence Zarra et Lucie Martino
Envois aux journalistes et libraires : Vidal Ruiz Martinez
Comptabilité et droits d'auteur : Christelle Lemonnier, Camille Breynaert
et Christine Blaise
Services généraux : Isadora Monteiro Dos Reis

Les Arènes,
17-19, rue Visconti, 75006 Paris
Tél. : 01 42 17 47 80
arenes@arenes.fr
www.arenes.fr et www.piapetersen.net

L'ensemble de cet ouvrage a été réalisé dans le respect des règles environnementales en vigueur. Il a été imprimé par un imprimeur certifié Imprim'vert, sur du Lac 2000 PEFC pour l'intérieur et une carte Metsäboard PEFC pour la couverture.

Achevé d'imprimer sur les presses de l'imprimerie Normandie Roto s.a.s.
à Lonrai (Orne) en juin 2022.

ISSN : 2609-7966
ISBN : 979-10-375-0596-5
Numéro d'impression : 2202790
Dépôt légal : Septembre 2022